La razón de estar contigo.
La historia de Molly

La razón de estar contigo. La historia de Molly

W. Bruce Cameron

Traducción de Carol Isern

Rocaeditorial

Título original: *A Dog's Purpose. Molly's Story.*

© 2017, W. Bruce Cameron

Primera edición: julio de 2021

© de la traducción: 2019, Carol Isern
© de esta edición: 2021, 2019, Roca Editorial de Libros, S.L.
Av. Marquès de l'Argentera 17, pral.
08003 Barcelona
actualidad@rocaeditorial.com
www.rocalibros.com

Impreso por LIBERDÚPLEX, S. L. U.

ISBN: 978-84-17968-00-7
Depósito legal: B. 10214-2021
Código IBIC: FA

RE68007

Para Sadie.
¡Gracias por venir a la fiesta!

1

$\mathcal{A}$l principio, todo era oscuro.

Sentía calor a mi alrededor. Percibía el olor de otros cachorros que estaban acurrucados cerca de mí. También notaba el olor de mi madre. Su olor hablaba de seguridad, de comodidad… y de leche.

Cuando tenía hambre, me arrastraba hacia ese olor y encontraba leche para mamar. Cuando tenía frío, me apretaba contra su pelaje, o me metía debajo de uno de mis hermanos o hermanas. Y luego me dormía hasta que volvía a sentir hambre.

Cuando abrí los ojos al cabo de unos cuantos días, las cosas empezaron a ponerse más interesantes.

Pude ver que mi madre tenía el pelo corto, rizado y oscuro. La mayoría de mis hermanos y hermanas también eran así. Solo uno de ellos tenía el pelaje como yo, igual de oscuro que el de mi madre, pero liso y suave, sin rizos.

Un día, cuando ya tenía la barriga llena, no me quedé dormida enseguida, sino que me puse en pie y me sostuve sobre mis temblorosas patas. Di unos cuantos pasos… y me di un golpe en el hocico con algo suave que tenía un olor curioso y seco. Le metí un lametón. También tenía un sabor seco, y no era tan interesante como lamer a mi madre o a los otros cachorros.

Sin embargo, pronto me sentí cansada de tanta emoción, así que me coloqué debajo de una de mis hermanas, que estaba durmiendo, y eché una cabezadita. Al cabo de un rato, me aventuré un poco más. Por todos lados, había cartón. También había cartón bajo mis pies. Estábamos en una caja.

A veces venía una mujer que se inclinaba sobre la caja y nos hablaba. Yo la miraba con ojos somnolientos. Tenía un tono de voz amable y nos acariciaba con manos suaves. Mi madre meneaba la cola al verla. De ese modo, averigüé que esa mujer era una amiga.

Cierto día, deslizó las manos bajo mi barriga y me levantó.

—Necesitas un nombre —me dijo, acercándome a su nariz. Se la lamí y ella se rio—. Eres tierna, eso seguro. ¿Qué tal «Molly»? Me parece que tienes cara de llamarte Molly. ¿Quieres ir a explorar? Esas patitas empiezan a ponerse fuertes.

Me dejó encima de una superficie nueva, arrugada y suave. Acerqué el hocico rápidamente: olía a jabón y a un relleno suave de algodón, así como a otros perros. La mordisqueé un poco y la mujer se puso a reír.

—No es para comer, chica tonta. Ven, quizá necesites un poco de compañía. Creo que a este lo llamaré Rocky.

Otro cachorro, uno de mis hermanos, aterrizó encima de la manta, a mi lado. Era el único que tenía el mismo aspecto que yo, con el pelo corto. Rocky ladeó la cabeza, me observó, estornudó y empezó a mordisquearme la oreja.

Me lo saqué de encima y fui a descubrir más cosas de mi nuevo espacio.

Era asombrosamente grande. Allí podía dar varios pasos a la vez. ¡Estaba anonadada de lo enorme que era el mundo! Al cabo de un rato, cuando volví a golpearme el hocico con unos zapatos nuevos, me sentía agotada. Ya casi no tenía energía para coger el cordón y ponerme a tirar.

La propietaria de los zapatos se agachó para quitarme el cordón de la boca, pero yo le gruñí para demostrarle que era mío.

—¡Eres adorable! —dijo la persona del cordón—. ¿Es una caniche, Jennifer?

—Medio caniche —replicó la mujer que me había sacado de la caja, que supuse que se llamaba Jennifer—. La madre es una caniche, eso está claro. Pero el padre... ¿quién sabe? ¿Un spaniel, quizá? ¿Terrier?

—¿Cuántos ha tenido?

—Siete —respondió Jennifer—. Estaba preñada cuando la encontré. Cuando destetemos a los cachorros, la llevaré a esterilizar. Y luego le buscaré un hogar.

—¿Y hogares para todos los cachorros, también? —preguntó la propietaria del cordón de zapato—. Yo me llevaré el de allí, pero no podemos quedarnos con más.

La mujer me tomó en brazos y me volvió a dejar en la caja, donde me acurruqué al lado de mi madre para disfrutar de un aperitivo.

—Por supuesto, lo comprendo —dijo Jennifer—. No te preocupes. Hace mucho tiempo que tengo perros en acogida. Normalmente, el hogar adecuado llega a su debido momento.

Me acarició la cabeza mientras me disponía a echar una cabezada al lado de mi madre. Ese era mi sitio.

A partir de ese día, Jennifer venía a menudo a sacarnos de la caja. Así tuve la oportunidad de explorar el salón, de saltar sobre un cojín para demostrarle quién mandaba e, incluso, de sacar la cabeza por el pasillo, donde el suelo era resbaladizo y suave. Una de mis hermanas intentó trepar encima de mí mientras me encontraba agachada, pero no consiguió empujarse con las patas traseras, así que no lo logró. Lo único que tuve que hacer fue rodar a un lado y quitármela de encima.

Fue entonces cuando detecté el olor de otro perro.

Levanté la cabeza. Mis orejas también se irguieron. Me puse en pie y olisqueé a conciencia. Al otro extremo del pasillo, había un perro grande que me estaba mirando.

—¿Barney? Sé amable con los cachorros —dijo Jennifer.

Barney era muy alto, mucho más alto que mi madre, y por el olor supe que era un macho. Tenía unas orejas increíblemente largas que le colgaban a cada lado de la cara y que se movían hacia delante y hacia atrás cuando acercaba la cabeza al suelo.

Por mi parte, estaba fascinada. Yo no tenía unas orejas como esas, y mi madre tampoco. De hecho, ninguno de mis hermanos y hermanas las tenía. Me lancé a investigar. Mi hermana iba detrás de mí y lloriqueaba un poco para que nuestra madre viniera a salvarla. Pero yo estaba decidida a descubrir más cosas.

A cada paso que daba, los pies me salían disparados por todos lados. Las uñas no me servían de nada, porque no había forma de agarrarse en aquel suelo tan pulido. Pero me esforcé y pronto estuve al lado del perro nuevo.

Barney acercó su hocico gigante al suelo. ¡Era tan grande como todo mi cuerpo! Me olisqueó la cara y por todo el cuerpo. Me dio un golpe tan fuerte con el hocico que perdí el equilibrio y me quedé sentada en el suelo. Pero me mantuve firme. Él era más grande y mayor que yo, sabía que debía quedarme quieta y dejarle hacer lo que quisiera.

—Buen perro, Barney —dijo Jennifer.

Me acercó el hocico a la cabeza. Luego soltó un suspiro, se dio la vuelta y se alejó.

Sus orejas largas y flácidas se balanceaban a su paso, hacia delante y hacia atrás, hacia delante y hacia atrás. Y no me pude resistir.

Salté y cogí con los dientes una de esas orejas.

Barney soltó un resoplido y apartó la cabeza. Yo me agarré como pude. ¡Eso era un forcejeo! Todavía no podía morder con fuerza porque no tenía mucha con las mandíbulas, pero me encantaba jugar a eso. Jugaba con mis hermanas y mis hermanos en la caja cada vez que alguno de nosotros encontraba algo que pudiera mordisquear. Por mi parte, nunca había jugado con nada tan bonito como esa suave y larga oreja colgante.

—¡Molly, no! —dijo Jennifer, procurando poner voz seria.

Pero se estaba riendo. Barney dio unos pasos hacia atrás, sin saber qué hacer. Me arrastró con él, pues yo seguía agarrada a su oreja con los dientes. Entonces él sacudió su enorme cabeza y me caí al suelo dando una voltereta. Me quedé con la barriga sobre el suelo y las patas alargadas en diversas direcciones.

Barney volvió a resoplar y empezó a alejarse. Volví a lanzarme a la carga, dispuesta a seguirle y coger esa oreja otra vez. Pero Jennifer me tomó en brazos antes de que lograra hacerlo y me dejó en la caja con mis hermanos.

No era justo: si hubiera sido capaz de apuntalarme bien con las patas, le habría podido dar un buen tirón a esa oreja. Pero, pronto, un buen plato de comida y una buena cabezada me quitaron de la cabeza tal injusticia.

Mientras mis hermanos y yo íbamos creciendo, la caja parecía irse haciendo más pequeña. Nuestra madre cada vez quería estar más lejos de nosotros. Jennifer empezó a llevarnos a jugar fuera más y más a menudo.

Me encantaba estar fuera. Era maravilloso.

Había hierba para mordisquear: tenía un fascinante sabor que no se parecía a nada de lo que había dentro de la casa. También había palos, que todavía tenían mejor sabor. Los pájaros volaban por encima de mi cabeza. Un día, mientras rascaba el suelo, encontré un gusano que se retorcía entre mis garras. Le estuve dando golpes con el hocico hasta que uno de mis hermanos me tumbó de un empujón y el gusano volvió a meterse en la tierra mientras yo me ocupaba de mi hermano.

Barney no salía mucho fuera. Le gustaba pasar casi todos los días dormido en una mullida cama que había en un rincón de una de las habitaciones de la casa. Pero había otro perro, que se llamaba Che, que casi nunca entraba en la casa. Che era grande y gris, y le encantaba correr. E incluso era mucho mejor si era a él a quien perseguían.

La primera vez que salí fuera, Che vino corriendo hasta el lugar en que Rocky y yo estábamos sentados. Agachó la cabeza y el pecho hasta el suelo, pero sin doblar las patas traseras y sin dejar de menear la cola. Luego dio otro salto hacia delante y salió corriendo, mirándonos para saber si le habíamos comprendido.

Lo miramos. ¿Qué era lo que quería?

Che decidió que no le habíamos comprendido, así que regresó y volvió a agachar la cabeza. Y volvió a salir corriendo.

Rocky parecía fascinado con la peluda cola de Che. Se lanzó a por ella, y yo me lancé a por Rocky. No estaba bien dejar que se divirtiera sin mí.

Che corrió dibujando un gran círculo en el patio, y lo hizo a tanta velocidad que se puso detrás de nosotros. Yo me giré de un salto y me puse de cara a él. Rocky soltó un agudo ladrido.

Che volvió a agachar la cabeza y arrancó a correr. Nosotros lo seguimos a tanta velocidad como nos permitían nuestras torpes patas. Parecía que eso era lo correcto. Y, a partir de entonces, cada vez que salíamos fuera, Che estaba allí y nos pedía que lo persiguiéramos. Y nosotros siempre le complacíamos.

Sin embargo, Che no se quedó mucho tiempo en casa de Jennifer. Cierto día, vino una mujer de visita y se llevó a Che a su casa.

—Es maravilloso lo que haces —le dijo a Jennifer, que estaba de pie en la puerta de la verja del patio con Che, a su lado, atado con una correa—. Creo que si yo acogiera a perros, acabaría quedándome con todos ellos.

Jennifer se rio.

—Se llama «acogida fracasada», señora Kutner. Así es como terminé quedándome con Barney. Él fue el primer perro que acogí. Pero me di cuenta de que, si no conseguía controlarme, adoptaría unos cuantos perros y todo habría terminado, ya no podría ayudar a ningún otro.

—¡Ven aquí, Che! —dijo la mujer nueva dando un tirón de la correa de Che.

Él la siguió meneando la cola. Cruzaron la verja del patio y la cerraron a su paso.

Che se había ido.

2

Salí corriendo hasta la verja y apoyé las patas delanteras en ella. Me puse a ladrar con todas mis fuerzas. ¿Dónde estaba Che? ¿No iba a volver? ¿A quién perseguiríamos ahora?

Jennifer vino y me acarició la cabeza.

—No pasa nada, Molly —me dijo con voz cariñosa—. Los perros encuentran a las personas adecuadas y se van a vivir con ellas. Así debe ser.

No comprendía sus palabras, pero el contacto con su mano me consolaba. Dejé que me acariciara un rato; luego regresé a toda prisa con mi madre y me acurruqué para sentir su calor. Ella me lamió, cosa que hizo que me sintiera mejor.

A pesar de todo, era difícil comprender lo que le había pasado a Che. Me alegraba de que yo no me fuera a ningún lado. Me sentía feliz de estar siempre en ese patio con mis hermanos, con mis hermanas y con mi madre.

Al cabo de unos días, llegó una perra nueva. Rocky y yo estábamos jugando en el patio trasero cuando Jennifer salió con ella.

Me senté para mirarla, con la pata de Rocky todavía en la boca. Era muy delgada y tenía los ojos marrón claro, casi del mismo color que su pelaje.

—Cachorros, os presento a Daisy —dijo Jennifer.

Jennifer bajó una mano para soltar la correa de su collar y, al ver la mano, Daisy se apartó. Al verse libre, salió corriendo y se escondió debajo de la mesa de pícnic. Allí, parecía sentirse más segura.

Mi madre se acercó a ella para olisquearla. Daisy se quedó inmóvil, y luego hizo lo mismo con mi madre. Daisy no se mostraba tímida ni con Rocky ni conmigo: cuando me acerqué, Daisy bajó la cabeza para dejarse olisquear e incluso se dejó caer en el suelo para que jugáramos a luchar con ella. Decidí que Daisy me caía bien. Jugar a luchar era más divertido que perseguirnos.

Sin embargo, cuando Jennifer salió al patio con los cuencos de comida y de agua, Daisy se esperó a que se marchara. Y luego, en cuanto Jennifer se hubo alejado, Daisy vino corriendo y devoró la comida en un instante.

—Buena chica —dijo Jennifer desde los escalones de la casa, donde se había sentado para ver comer a Daisy—. Te acostumbrarás a las personas si son amables, cariño. No tardarás mucho. ¿Quieres esconderte otra vez, ahora?

Daisy había dejado el plato limpio. Pero en ese momento se oyó el ruido de la puerta de la cerca y dos personas nuevas entraron al patio. Daisy volvió a meterse rápidamente bajo la mesa de pícnic. Eran un hombre y una mujer: lo noté por el olor. Ambos se reían.

Me di cuenta de que eran jóvenes. Una especie de cachorros humanos. Chico y chica.

Eso era interesante.

—¡Qué monada! —exclamó ella.

Se arrodilló en el suelo y abrió los brazos. Yo sabía qué significaba eso. Mi madre estaba cerca de la mesa de pícnic con Daisy, pero yo corrí hacia la chica. Rocky vino conmigo.

Esa chica desprendía algo especial, algo que tenía que ver con el cálido olor de su piel y de su pelo, con el sonido de su risa mientras me levantaba y me acercaba a su rostro, con el sabor de tostada y mantequilla que le noté al lamerle los labios. Esa chica era muy especial.

Decidí que esa chica era mía.

Me sentí llena de emoción. No podía estarme quieta. Me retorcí de placer hasta que la chica me dejó en el suelo. Luego me puse a dar vueltas de alegría mientras meneaba la cola con furia. Me alejé corriendo de la chica, di la vuelta en círculo y regresé con ella para lamerle las manos y volver a oír el sonido de su risa.

El chico que estaba a su lado también se rio.

—¡Vamos, vamos! —exclamó, y se alejó un poco corriendo.

A pesar de que no bajó la cabeza como Che cuando quería jugar, estaba bastante claro que era eso lo que quería. Rocky corrió tras él y saltó sobre sus zapatillas deportivas.

—¿Qué te parece, Trent? —preguntó la chica.

—¡Es fantástico! —respondió el chico.

A mí me encantaba jugar a perseguirnos, pero esa vez quise quedarme al lado de la chica y acercarme a su rostro para lamerle la barbilla y el cuello.

—Parece que Molly se ha enamorado de ti —le dijo Jennifer a la chica—. Ahora vuelvo. Quedaos un rato con los cachorros y conocedlos un poco más.

Jennifer entró en la casa, pero la chica se quedó conmigo. Y eso estaba bien. Eso era exactamente lo que debía hacer.

—¡Oh, eres tan mona! —me dijo la chica acariciándome las orejas. Le di un lametón en los dedos—. Pero mamá nunca me dejará tener un perro —añadió—. Yo solo he venido con Trent.

El chico cogió a Rocky en brazos y regresó con él.

—Mira sus patas, C. J. Va a ser más grande que esta. ¿Cómo se llama?

—Molly —respondió C. J.

Me retorcí de placer al oír que pronunciaba mi nombre. La chica se puso en pie y yo levanté las patas delanteras en el aire, estirándome tanto como me era posible y apoyándome en sus vaqueros, hasta que ella me cogió en brazos.

Tenía unos ojos marrones y cálidos, así como un montón de pecas en el rostro. Me apoyé en sus brazos y la miré a los ojos.

Y comprendí una cosa nueva: yo debía cuidar a esa chica. Ese era mi trabajo.

¡Quizá por eso Che se había marchado del patio! Tal vez la mujer con quien se había ido era su persona, y él debía cuidar de ella igual que yo cuidaría de esa chica. Se llamaba C. J.

Sí: C. J. era mi chica, y yo cuidaría de ella tan bien como fuera capaz.

Al pensar en que abandonaría ese patio, a mi madre y todo lo que había conocido hasta ese momento, sentí un aguijonazo de dolor en el corazón. Pero, siempre y cuando pudiera acurrucarme con C. J., todo iría bien.

—Lo quiero —dijo el chico—. Rocky, ¿quieres venir a casa conmigo?

Rocky se revolvió para bajar de sus brazos. Trent lo dejó en el suelo con delicadeza. Rocky saltó sobre un hueso de goma, lo agarró y sacudió la cabeza.

—¡Es tan emocionante! —dijo C. J. Me dejó en el suelo—. Eres muy afortunado, Trent.

C. J. intentó acariciar a Rocky, pero yo me metí entre los dos y puse la cabeza bajo su mano. Ella se rio.

—A Molly le gustas —dijo Trent.

—Lo sé.

Por algún motivo, había algo de tristeza en la voz de la chica. ¡Era raro que estuviera triste, si estábamos juntas! Le cogí el calcetín con los dientes y tiré de él.

—Es Gloria —continuó la chica—. Sé lo que me dirá. Detesta los perros. «Son muy sucios. Dan lametones.» Nunca me dejaría tener un perro.

—Pero sería divertido —dijo Trent, aunque también parecía un poco triste—. Tendríamos a los hermanos.

—Sí. —C. J. se arrodilló en el suelo, me quitó el calcetín de la boca y me cogió la cabeza con las manos—. Sí, sería divertido. Oh, Molly, lo siento, chica.

Le di un lametón en la nariz.

Jennifer volvió a salir al patio y sonrió al ver a Trent con Rocky y a C. J. conmigo.

—¿Hay que rellenar algún impreso? —preguntó Trent.

—No. No soy una casa de acogida oficial ni nada. Solo soy una vecina que recoge perros abandonados y les encuentra una casa. Y todo el mundo sabe lo que hago…

—Así pues, ¿puedo quedarme con Rocky?

Trent cogió en brazos a mi hermano y lo acercó a su cuello.

—Claro que sí. Pero, por favor, si por algún motivo no funciona, vuelve a traerlo aquí.

—Oh, va a funcionar muy bien. Rocky, ¿estás listo para ir a tu nueva casa? —preguntó el chico, sonriendo.

C. J. me dejó en el suelo. Me senté y me rasqué una oreja mientras esperaba a que volviera a cogerme en brazos.

—Oh, mírala —dijo la chica—. Es como si supiera que me voy a ir sin ella.

—Vamos, C. J. —replicó Trent—. Será mejor que nos vayamos.

Los cuatro (el chico y su perro, mi chica y yo) nos fuimos hacia la puerta del patio.

Me detuve un momento y miré a mi madre, que continuaba sentada al lado de la mesa de pícnic. Y dudé un momento. Ella se tumbó en el suelo y apoyó la cabeza sobre las patas delanteras sin dejar de mirarnos. Fue como si me dijera que todo estaba bien. Que yo estaba haciendo lo que debía hacer. Los perros deben dejar a sus madres (y a veces sus primeros hogares) para hacer su trabajo: cuidar de sus personas.

Yo debía cuidar de C. J.: era hora de irse.

Jennifer abrió la puerta. Rocky y Trent salieron del patio. C. J. salió tras ellos y yo no me despegué de sus pies.

—No, Molly —dijo Jennifer, alargando una pierna para cerrarme el paso.

La puerta se cerró.

Me senté en el suelo y miré la puerta.

Me encontraba a un lado de la puerta y mi chica estaba en el otro. ¡Eso no estaba bien! ¡Las cosas debían ser de otra manera!

—No pasa nada, Molly —dijo Jennifer.

Solté un ladrido, frustrada de que mi voz fuera tan débil. ¿Cómo podría oírme mi chica? Me acerqué a la puerta, apoyé las patas delanteras en ella y me puse a rascar. ¡C. J. no podía irse sin mí! ¡Debía estar con ella!

Sin embargo, la puerta no se abrió. C. J. se había marchado. Rocky se había ido. Ladré y ladré con mi inútil voz de cachorro. Jennifer estaba allí, mi madre estaba allí, mi nueva amiga, Daisy, estaba allí. Pero me sentía sola en el mundo.

3

*D*aisy se acercó y me olisqueó mientras yo ladraba. Se daba cuenta de que me sentía desgraciada, pero no sabía por qué. Algunos humanos se habían ido del patio. ¿Cuál era el problema? En realidad, Daisy parecía más contenta cuando había menos personas cerca.

Intenté morder la parte inferior de la puerta, pero lo único que conseguí fue hacerme daño en los dientes. Corrí hasta mi madre, que me lamió con afecto desde el hocico hasta la cola, pero eso tampoco me ayudó mucho. ¡Necesitaba estar con mi chica!

—¿Molly?

Al oír su voz, me sobresalté. Me di la vuelta y ladré otra vez. Allí estaba C. J. Estaba de pie justo a este lado de la puerta del patio.

Jennifer se acercó a ella, sonriendo.

C. J. se arrodilló en el suelo. Corrí hasta ella y me lancé a sus brazos, le lamí el rostro y apreté el hocico bajo su barbilla. Todo había sido un terrible error. ¡Menos mal! ¡Por un momento había creído que mi chica iba a abandonarme!

C. J. miró a Jennifer, y a Trent, que también había entrado en el patio con Rocky en brazos.

—Ella me ha elegido, así que, ¿qué puedo hacer? Molly me ha elegido —insistió C. J.

Me sentía feliz de ser Molly. Me sentía feliz de estar con C. J. Me mantuvo a su lado mientras hablaba con Jennifer, y luego me llevó con ella cuando salió por la puerta del patio. Yo estaba con mi chica, sentía sus suaves manos en el cuerpo y me apretujaba a ella para notar el calor de su piel. Al final, todo iba a salir bien.

—Bueno, ¿qué va a decir tu madre? —preguntó Trent.

En la acera había una carretilla con una caja de cartón dentro. Trent dejó con cuidado a Rocky dentro de la caja, y C. J. me puso al lado de Rocky. Él saltó sobre mí con alegría y meneando la cola, como si hubiéramos estado días sin vernos. Era evidente que lo único que podíamos hacer era luchar.

La carretilla empezó a dar tumbos por la acera. Trent la empujaba. C. J. caminaba a su lado. Yo tenía las patas delanteras encima de Rocky, pero las patas traseras me resbalaban todo el rato.

—¿En serio, C. J.? —preguntó Trent.

—No lo sé —respondió mi chica.

Ladré para hacerle saber que podía oír lo que decía. Ella introdujo una mano en el interior de la caja y me acarició las orejas.

—¿Dejará que te quedes con Molly?

—Bueno, ¿y qué se supone que puedo hacer? Ya has visto lo que ha pasado. Molly y yo debemos estar juntas.

—Sí, pero no es que tu madre no se vaya a dar cuenta de que tienes un perro —replicó Trent.

C. J. soltó un suspiro. Le lamí los dedos de la mano. Ya me había dado cuenta de que recibir los lametones de un perro era algo que pone alegre a casi cualquier persona.

—¿En serio crees que puedes esconder un perro, C. J.? ¿Dentro de casa? —preguntó Trent.

—Si quisiera, podría esconder una manada de lobos en casa —dijo C. J., decidida—. La mayoría de las veces, Gloria ni siquiera se da cuenta de que estoy allí. No se dará cuenta de que hay un cachorro.

—Vale, claro. Así pues, durante los próximos seis años, hasta que vayas a la universidad, vas a tener un perro escondido en tu casa y, por algún motivo, tu madre no se enterará.

C. J. volvió a suspirar.

—¿Sabes qué, Trent? A veces no haces cosas solo porque tengan sentido. Simplemente, las haces. ¿Vale?

—Vale. Eso tiene sentido.

—Siempre tienes que discutir conmigo.

Se quedaron callados un momento. Rocky había aprovechado el momento en que yo me había puesto a lamer los dedos de la mano de C. J. para lanzarse a mordisquearme la cola, así que tuve que darle una lección. Luego oí que Trent volvía a hablar.

—Lo siento. Solo estoy siendo precavido…, por ti —dijo.

—Sí, ya lo sé. Pero, bueno, pasemos de largo por mi casa, ¿vale? —dijo C. J.—. Continúa caminando.

Ambos anduvieron un poco más y la carretilla dio

unos cuantos tumbos más. Yo caí sobre Rocky y acabé con su cabeza debajo de mi barriga. Luego C. J. metió una mano en la caja y me sacó.

Miré a mi hermano, que estaba sentado con la cabeza ladeada y me miraba. Eso era una despedida. No sé por qué, pero lo supe. Igual que en el patio les había dicho adiós a mi madre y a Daisy y a Jennifer, ahora iba a decirle adiós a mi hermano. Pero todo estaba bien, porque yo estaba con mi chica. Y mi chica me necesitaba.

—¿Estás segura de que…? —empezó a decir Trent.

—Todo irá bien, Trent —respondió C. J. con firmeza.

Se dio la vuelta y echó a caminar. Mientras C. J. me llevaba hacia la casa, oí que la carretilla que llevaba a Rocky comenzaba a hacer ruido y a alejarse dando tumbos. En el camino de la casa había unos arbustos que algunos perros habían marcado, pero los olores eran viejos. No había nada que indicara que hubiera otros perros viviendo en esa casa.

—Bueno —me dijo C. J. en voz baja—. Vamos a ver si puedes estar sin hacer ruido.

C. J. me llevó al interior de la casa rápidamente. Recorrimos un pasillo hasta llegar a un dormitorio. Me había acurrucado contra ella para sentir su calor, cansada de tanto ladrar y de preocuparme, así como de la excitación del viaje en carretilla por la calle.

—Clarity, ¿eres tú? —oí que decía una mujer desde algún lugar de la casa.

—¡Ya he llegado! —gritó C. J.

Había gritado tan fuerte que me sobresalté y solté

un pequeño ladrido. Mi chica me hizo callar sin dejar de acariciarme. Luego me dejó encima de una cama.

Noté que la superficie que tenía bajo las patas era suave y blanda. No se parecía en nada a un suelo de madera, ni al de una caja de cartón, ni al de la hierba. C. J. se sentó en la cama, a mi lado. Y yo me caí.

C. J. se rio.

—¡Oh, Molly!

Alargó las manos para tomarme en sus brazos, y yo se las lamí con entusiasmo. Mi chica tenía un sabor delicioso.

Luego oímos unos pasos en el pasillo. C. J. se quedó inmóvil.

—¡Molly! ¡*Shhh*! —dijo.

Se tumbó en la cama y se cubrió con un cobertor de color rosa y amarillo, pero dobló las rodillas para hacer un espacio en el interior. Me cogió y me metió en ese espacio. Era oscuro y cálido. Me encontré rodeada de sábanas que olían igual que mi chica. ¡Qué juego tan maravilloso!

—¡Tachán! —oí que exclamaba la mujer.

—Gloria, ¿te has comprado eso? —preguntó C. J., asombrada.

—¡Por supuesto! —dijo la mujer.

—¿Pieles?

Era evidente que yo debía salir de debajo del cobertor. Me agaché bajo las rodillas de C. J. y empecé a arrastrarme hacia su cabeza, avanzando por encima de los blandos pliegues de las sábanas y levantando con la cabeza el cobertor para abrirme paso.

—¿Te gusta? Es un abrigo de zorro.

—¿Un abrigo de piel? ¿Cómo has podido hacerlo?

C. J. introdujo la mano bajo el cobertor y me empujó hacia abajo. Luché un poco con ella; luego le lamí los dedos.

—Bueno, tampoco es que haya matado a ningún animal. Ya estaba muerto cuando compré el abrigo. Y lo necesito para el viaje. Aspen es el único lugar que queda donde puedes llevar un abrigo de pieles sin sentirte culpable. Además de…, bueno…, Francia, probablemente.

—¿Aspen? ¿Cuándo te vas a Aspen? —preguntó C. J.

Apartó la mano, pero yo hice todo lo que pude para perseguirla.

—El lunes. Bueno, estaba pensando que deberíamos irnos de compras esta mañana, antes de que yo me vaya. Nosotras dos.

—El lunes hay colegio —dijo C. J.

—Vaya, el colegio. Pero solo es un día.

C. J. sacó la mano de debajo del cobertor, que cayó con suavidad encima de mi cabeza.

—Necesito un yogur —dijo C. J.

Sacudí con fuerza todo el cuerpo, di unos cuantos pasos torpes más y saqué la cabeza de debajo del cobertor. ¡Lo había conseguido! ¡Por fin! Pero era demasiado tarde. C. J. ya había salido de la habitación y estaba cerrando la puerta.

—Detesto que lleves ese pantalón corto —oí que Gloria decía en el pasillo—. Te hace los muslos muy grandes.

Yo estaba sola. ¡Otra vez! Sin embargo, la última vez que había estado sola, la chica había regresado conmigo más tarde. Y esta vez haría lo mismo. Estaba segura de ello.

No obstante, a pesar de todo, esperar era difícil. Saqué la cabeza por un lado de la cama y decidí que era demasiado alta para saltar, así que me puse a dar vueltas de un lado a otro, con esfuerzo, por encima del suave y abultado cobertor. Lloriqueé y mordisqueé un peluche, lo cual resultó de cierta ayuda.

Entonces, la puerta se abrió. ¡Mi chica!

—Buena chica, Molly —susurró, tomándome en brazos.

Su aliento tenía un olor dulce y agradable, como de leche. Le lamí los labios y la cara con avidez. Ella se rio y me besó. Luego me metió en el interior de la camisa que llevaba puesta.

Imaginé que se trataba de otro juego, así que intenté salir. ¡Quería volver a lamer la cara de mi chica y escuchar su risa de nuevo! Pero antes de que consiguiera hacerlo, me di cuenta de que estábamos bajando las escaleras y de que, luego, salíamos a otro patio. Lo supe antes de que C. J. me sacara de dentro de la camisa, por el olor de la hierba y de la tierra, así como del aire cálido.

Lo primero que hice cuando estuve sobre el césped fue agacharme y hacer pis. C. J. pareció contenta de que lo hiciera. Me acarició y me habló; luego se sacó una bolsa de plástico de uno de sus bolsillos. En la bolsa había unos trocitos de carne fría y salada.

Me dio unos cuantos trocitos de carne, que tragué

con avidez. Pero ¡el sabor salado era tan fuerte que la lengua me escocía! Sacudí la cabeza para quitarme ese sabor de la boca. Luego comí un poco más. Tenía hambre, tanta hambre que casi no me importaba el sabor que tuviera la carne. Me limitaba a tragarla.

—Mañana te traeré comida para cachorros, Molly, te lo prometo —dijo C. J.—. Lo prometo, lo prometo, lo prometo. ¿Quieres un poco más de jamón?

Sí quise. Y esa noche dormí acurrucada contra el brazo de C. J.

—Te quiero, Molly. Te quiero —susurraba, mientras yo me quedaba dormida.

Estaba tan agotada después de todo lo que había sucedido ese día que no me desperté en toda la noche. Pero cuando el sol salió, mi pequeña vejiga ya estaba repleta. Por suerte, C. J. también se levantó temprano, se puso la ropa y me sacó fuera. Me hablaba en susurros mientras yo me agachaba y dejaba un charco en el suelo, que la tierra absorbió rápidamente.

Luego me tomó en brazos otra vez y me llevó al interior de la casa. Pensé que íbamos a volver a su habitación para jugar un poco más a ese juego de esconderse bajo el cobertor, pero ella me llevó por otras escaleras hasta un sótano.

Allí había un montón de olores nuevos. Me apoyé en el brazo de C. J. y me puse a olisquear todos esos olores. Humedad… y tierra húmeda… y cemento viejo… y jabón… y cartón… y otras cosas que me hicieron sentir curiosidad y ganas de explorar.

C. J. me dejó en el suelo. Olisqueé a mi alrededor con interés. En el suelo había unos papeles de periódico, así como un poco de cartón debajo. C. J. se agachó a mi lado y me dio un poco más de ese jamón frío y salado.

—Este es mi sitio especial bajo la escalera, Molly —susurró—. Anoche lo preparé para ti. ¿Ves? Aquí tienes un cojín y un poco de agua. Solo tienes que estar callada, ¿vale? Tengo que dejarte un rato. Prometo que regresaré pronto. Y no ladres. No hagas ruido, Molly. Silencio.

De repente, C. J. se apartó y se puso en pie. Intentó arrastrar una caja por el suelo para cerrarme el paso, pero yo fui más rápida. ¡No pensaba dejarle ganar ese juego! Salí corriendo y salté a sus pies meneando la cola.

—¡Molly! —gruñó C. J.

Apoyé las patas delanteras en su pierna y meneé la cola otra vez, pero, para mi sorpresa, C. J. no se rio. Me empujó con una mano hasta ese espacio pequeño y oscuro del que acababa de escapar. Y, de nuevo, arrastró la caja para cerrarme el paso

Esta vez no fui tan rápida y me di de bruces contra la caja de cartón.

Creí que había dejado claro cuáles eran mis sentimientos cuando estábamos en casa de Jennifer. C. J. era mi persona. No quería que me dejara en ese espacio. ¡Yo quería estar al lado de C. J.!

—Pórtate bien, Molly —oí que decía C. J. desde el otro lado de las cajas—. Y recuerda que no debes hacer ruido. No ladres.

Me senté, consternada. ¿De qué iba todo eso? ¿Dónde estaba mi chica? Me puse a rascar el cartón de las cajas, pero no conseguí moverlas de sitio. Di vueltas por ese espacio y tropecé con el plato de agua. Encontré un pequeño trozo de jamón en el suelo y me lo comí; el ardor que noté en la lengua me hizo volver corriendo al lado del plato de agua y beber un poco.

Mi chica regresaría. Por supuesto que regresaría. No me había abandonado esa vez en el patio de Jennifer. No me había abandonado en su habitación. Así que esta vez también regresaría conmigo.

Pero ¡tenía que comprender que debíamos estar juntas siempre!

Eché una cabezadita. Encontré una pelota justo un poco demasiado grande para poder cogerla con los dientes. Empecé a mordisquearla cuanto pude. Luego tuve que agacharme y dejar un charco en un rincón. El olor de mi propio orín no era especialmente interesante; empezaba a tener la sensación de que ya había esperado lo suficiente.

Me puse a ladrar tan fuerte como pude. Los ladridos resonaron en el pequeño espacio en el que estaba atrapada y pareció que fueran dos los cachorros solitarios, tristes y aburridos. Pero ni siquiera así los ladridos eran lo suficientemente fuertes.

Ahora que había empezado a ladrar, me pareció una buena idea continuar haciéndolo durante un rato. Y al final, de repente, oí un ruido nuevo y dejé de ladrar.

Nunca había oído nada parecido. No parecían palabras, ni ladridos, ni siquiera se parecía al ruido que hace un coche cuando pasa por la calle. Estaba segura de ello. Pero era algo que estaba entre el llanto y el gemido. ¿Los humanos aullaban cuando se sentían mal? ¿Había un ser humano por alguna parte al que le dolía algo?

Eso era terrible. Me puse a dar vueltas de un lado a otro, gimoteando. Ese horroroso sonido se hizo más fuerte. Oí unos pasos en las escaleras del sótano. No era C. J. que venía a buscarme: de eso estuve segura. Un olor extraño (afrutado y aceitoso a la vez) se coló hasta el interior de las cajas donde estaba. ¿Ese olor tenía alguna relación con ese sonido horrible? Me agaché en el suelo, preocupada, y me puse a gimotear tan bajito como pude.

Oí que la puerta de la calle se abría y se cerraba. Luego noté que la puerta del sótano también se abría.

—¿Gloria? ¿Estás ahí abajo?

Era la voz de C. J., fuerte y clara por encima de los quejidos.

Menudo alivio. No me atrevía a ponerme a saltar y a ladrar de alegría, pero me puse a menear la cola con fuerza.

Oí unos pasos que bajaban por las escaleras.

—¿Gloria? —llamó C. J. con voz más fuerte y clara.

Se oyó un grito. Di un salto. C. J. chilló. Me acurruqué en el rincón más oscuro de mi espacio. ¿Qué estaba pasando?

—¡Clarity June, me has dado un susto de muerte! —exclamó Gloria.

—¿Por qué no respondías? ¿Qué estás haciendo? —preguntó C. J.

—¡Estaba cantando! ¡Tenía puestos los auriculares! ¿Qué llevas en esa bolsa?

—Es comida para perro. Estamos haciendo una recolecta de comida en la escuela.

—¿De verdad crees que está bien darle a la gente comida para perro?

—Ma-dre. No es para las personas. Es para sus perros. Los perros a veces también necesitan ayuda. ¿Estás haciendo la colada? Te ayudo a doblar la ropa —propuso C. J.—. Llevemos la ropa arriba.

C. J. y Gloria volvieron a subir las escaleras y me dejaron sola otra vez. Yo di un salto y me puse a rascar las cajas un rato, esta vez con más fuerza que antes, mientras jadeaba de impaciencia.

¿Cómo era posible que C. J. hubiera regresado pero me hubiera vuelto a dejar allí? ¿Es que no sabía que la necesitaba?

Además, empezaba a sentirme muy, muy hambrienta.

4

$\mathcal{T}$ranscurrió lo que me pareció ser un día entero. No estoy del todo segura de que fuera un día entero, pero pasó muchísimo rato hasta que volví a oír pasos en las escaleras del sótano.

Percibí el olor de C. J. También noté olor de comida. ¡Qué maravilla! ¡C. J. y comida!

Mi chica apartó las cajas de cartón y yo salí de un salto, meneando la cola. Salté a su regazo. Luego volví a bajar para enterrar el hocico en el cuenco de comida que acababa de dejar en el suelo.

—Por fin se ha marchado. Se ha ido a hacer recados —dijo C. J.—. Oh, Molly, lo siento muchísimo.

Estaba demasiado ocupada comiendo; lo único que pude hacer fue darle un rápido lametón. En el cuenco había unos trocitos pequeños que eran muy sabrosos y crujientes, y que no me escocían en la lengua, como el jamón. Comí tan deprisa como pude; luego me puse a beber agua mientras C. J. recogía los papeles de periódico que yo había mojado y ponía otros secos y nuevos. Luego abrió otra puerta, una puerta que daba directamente al patio, y me llevó fuera.

Me encantaba el patio. Allí no había otros perros como Che o Barney o Daisy, pero había césped y tierra, así como hormigas y escarabajos para perseguir, y palos para mordisquear, y gusanos para desenterrar. Y, por supuesto, estaba C. J.

Me tumbé sobre el césped mojado y rodé por él de pura alegría. C. J. se tumbó a mi lado. ¡Qué emoción! ¡Jennifer había sido amable, pero nunca se había tumbado en el césped a rodar conmigo!

C. J. y yo estuvimos un rato jugando a «tirar de la toalla», pero la mañana había sido larga y yo me sentía agotada, así que en cuanto C. J. me cogió, me quedé dormida en su regazo.

Al despertar vi que me encontraba de nuevo en ese espacio oscuro y pequeño de debajo de las escaleras.

Ladré, impaciente. ¡Yo no quería estar allí! Pareció que C. J. lo había entendido, porque al cabo de unos minutos oí sus pasos por las escaleras.

Apartó las cajas a un lado y dijo:

—¡*Shhh*, Molly! ¡Debes estar callada! ¡Si mi madre se entera de que estás aquí, hará que te devuelva!

Me pareció empezar a comprender a mi chica: cuando yo quisiera que viniera, debía ladrar y ella vendría.

C. J. me sacó de ese espacio y me puse a explorar un poco el sótano. Olisqueé los rincones oscuros; me llené el hocico de telas de araña que C. J. me quitó con suavidad. Luego hice mis necesidades en el suelo de cemento. C. J. se rio, meneó la cabeza y lo limpió. Luego me abrazó y me besó en la cara. Desprendía tanto amor que yo me retorcía de felicidad.

Estuvimos jugando y jugando fuera hasta que empecé a tener sueño. No me molestó mucho que volviera a dejarme debajo de las escaleras. Sabía que C. J. regresaría conmigo si yo ladraba. Así que eché una larga cabezada. Mi chica tuvo que despertarme cuando regresó en mitad de la noche para sacarme fuera y jugar un rato en el aire fresco del patio.

—¡*Shhh*, Molly! —decía todo el rato—. ¡*Shhh*!

Eso debía de significar que se sentía tan feliz como yo de que estuviéramos juntas allí fuera.

A la mañana siguiente, volví a despertarme bajo las escaleras otra vez al oír unos ruidos extraños y fuertes que procedían de arriba. Eran parecidos a unos aullidos, pero esta vez eran varias voces. Y también oí que Gloria hablaba.

—¿Puedes bajar la música, por favor? —preguntó.

Me puse a ladrar y a rascar las cajas que me impedían salir de ese espacio. Ya estaba lista para ponerme a jugar con C. J. Pero, por algún motivo, mi chica tardaba en venir.

Entonces se abrió la puerta que daba al patio y noté una pequeña corriente de aire. Las cajas se movieron y salté de inmediato al regazo de C. J. Llevaba puesto un pantalón vaquero y una camiseta de un color vivo, así como una mochila a la espalda. Le lamí la barbilla. Mi corazón latía rápidamente de la alegría. ¡Había llegado la hora de divertirse un poco!

—Todavía está desayunando —me susurró C. J.—. No hagas ruido, Molly. Puedes estar callada, ¿verdad, chica?

Dejó en el suelo un cuenco de comida para mí; al lado, otro cuenco lleno de agua. Imaginé que me estaba preguntando si quería comer. ¡Por supuesto que quería! Cuando hube terminado, mi chica me tomó en brazos y me llevó al patio. Desde allí, salimos a la calle por una puerta. Entonces empezó a correr conmigo en brazos. No era muy cómodo: el de tirar de la toalla o el de buscar gusanos eran juegos más divertidos. Pero, por lo menos, estábamos juntas.

Luego llegamos a un parque. C. J. me dejó en el suelo. Ese parque era maravilloso. ¡Mejor, incluso, que el patio!

Allí había un montón de césped para corretear, y flores para mordisquear, y ardillas que trepaban por los árboles. Me mareé de tanto mirarlas y correr de un árbol a otro intentando seguirlas. La tierra era excelente para cavar. Por el olor supe que otros perros habían estado allí antes que yo. Cuando me cansaba de correr, de cavar y de olisquear, regresaba con mi chica y me subía a su regazo para que me rascara la espalda o me acariciara las orejas.

C. J. y yo pasamos la mañana juntas en el parque. Después de jugar durante un largo rato, ella sacó una bolsa de tela de la mochila. Había llevado comida para las dos.

También extrajo un cuenco de la mochila y me dio un poco más de esa comida crujiente. Para ella había preparado un poco de pan relleno de ese jamón salado. Y luego vertió un poco de agua en la palma de su mano y me dejó beber todo lo que quise.

Después de comer eché una cabezada con C. J.

tumbada a mi lado. Al despertar, me pareció adecuado ir a buscar un buen palo y regresar con él al lado de mi chica para recibir unas cuantas caricias más mientras lo mordisqueaba. Tal como esperaba, C. J. me acarició. Pero, de repente, dejó de acariciarme y levantó la mano.

—¡Hola, Trent! —exclamó—. ¡Estoy aquí!

Me di cuenta de que no hablaba conmigo, así que no levanté la vista del palo. Luego, para mi sorpresa, una cosa que tenía mi mismo tamaño me cayó encima y me tumbó.

Me encontré con la cabeza enterrada bajo un pelaje suave que tenía un olor familiar. ¡Era mi hermano! ¡Era Rocky!

Cuando nos marchamos del patio de Jennifer, creí que no volvería a verlo. Por algún motivo, tuve la sensación de que así eran las cosas, de que los perros abandonaban a sus madres y a sus hermanos para estar con sus personas. Pero allí estaba Rocky, rodando conmigo por el césped. Me sentía tan contenta de verle que le salté sobre su cabeza y me puse a mordisquearle las orejas con gran placer.

C. J. y Trent estaban sentados en el césped y se reían.

—¿Se acuerdan el uno del otro? ¿Tú qué crees? —preguntó Trent.

—¡Por supuesto que sí! —respondió mi chica, riendo—. Mira lo contentos que están.

—¿Se ha ido ya tu madre de viaje? —preguntó

Trent—. Ya sabes que te hubieras podido quedar con nosotros mientras está fuera. Mi madre habría dicho que sí.

—Se va esta tarde —respondió C. J.—. Solo tengo que estar con Molly en el parque hasta entonces. Y no me molesta estar sola. Tampoco es que no lo haya hecho antes. Además, ahora tengo a Molly.

—Sí, es verdad. —Trent parecía preocupado, pero yo estaba demasiado ocupada inmovilizando a Rocky como para prestar mucha atención—. Pero ¡Gloria volverá dentro de dos días, C. J.!

—Ya lo sé. Trent, mira… Ahora no, ¿vale? Fíjate en los cachorros. Vamos a divertirnos y ya está.

Después de que estuviéramos jugando un rato, Trent tomó a Rocky y se despidió. C. J. también me tomó en brazos y me llevó a casa. Parecía que por fin había entendido que ese espacio debajo de la escalera no era un buen sitio para los perros, porque entramos por la puerta principal juntas y me dejó en el suelo del salón.

Me sentía tan feliz de estar con mi chica en nuestra casa que me hubiera puesto a correr dando círculos, ladrando y meneando la cola. Pero estaba tan cansada después de haber pasado toda la mañana en el parque que lo único que pude hacer fue tumbarme a los pies de C. J. y ponerme a jadear con cara de felicidad.

Mi chica me cogió en brazos y se tumbó conmigo en el sofá. Metí la cabeza bajo su barbilla.

Solté un suspiro de placer y me quedé dormida.

Esa noche, C. J. me sirvió la cena en el salón. Nos sentamos en el suelo, cerca de la chimenea. Ella se comió otro bocadillo mientras miraba películas que parpadeaban sobre un cristal liso: una pantalla. De repente, un perro ladró en esa pantalla y yo me senté, tiesa y con las orejas levantadas. ¿Es que había otro perro en algún lugar de la casa?

—Siéntate, Molly —me dijo C. J. con cariño.

Me dio un trocito de jamón. Me gustaba más cuando me daba el jamón en trocitos, porque así percibía su amor; además, sus dedos también tenían sabor de jamón.

—Estamos tú y yo solas, ¿sabes? En realidad, me gusta más cuando ella no está. Especialmente ahora que tú estás aquí, chica. Tú vas a hacerme compañía.

Me agaché y dejé un pequeño charco en el suelo, lo cual hizo que C. J. se irguiera en el sofá y dejara caer el bocadillo. Me comí un poco de su bocadillo mientras ella corría a buscar unos trozos de papel cuadrados y suaves para secar la alfombra. Luego me llevó fuera.

Esa noche dormí en la cama con C. J., cosa que me hizo tan feliz que cada poco me despertaba para lamerle la cara. Ella me iba apartando el hocico de un manotazo, pero yo me daba cuenta de que no estaba enfadada. Al fin decidí dedicarme solamente a mordisquearle los dedos cada vez que sintiera ganas de demostrarle cuánto la quería. Y así pasamos la noche.

A la mañana siguiente, C. J. preparó unos huevos revueltos en la cocina y me sirvió un poco a mí en el cuenco. ¡Deliciosos! Luego salimos al patio trasero, pero estaba lloviendo y no estuvimos mucho rato. Al ver que yo vaciaba la vejiga y los intestinos en el césped, C. J. me acarició y yo le lamí la mano. Todo lo que hiciera feliz a mi chica me hacía feliz a mí.

Ese día jugamos en la casa, solo ella y yo.

—¡Ven aquí, Molly! —me dijo en cuanto entramos, y yo la seguí por el pasillo.

C. J. abrió una puerta y entramos en una habitación que no conocía. En ella volví a notar ese olor floral y aceitoso, mezclado con el aroma de una mujer adulta. Yo sabía que era el olor de Gloria, y miré a mi alrededor por si la veía, pero no estaba por ninguna parte.

—Aquí, Molly —me llamó C. J.—. ¿Ves esa perrita en el espejo?

Al oír la palabra «perrita», me acerqué a ella. Pero, de repente, retrocedí dando un salto. ¡Allí había otro perro!

Era igual que Rocky. Pero ¿qué hacía dentro de mi casa? Me lancé hacia él, pero me detuve con sorpresa al ver que el otro perro también se lanzaba fieramente hacia mí.

Sin embargo, ese no olía como Rocky. En realidad, no tenía olor de perro. Confundida, meneé la cola. Él también. Bajé la cabeza para ver si quería jugar. Él también lo hizo.

Ladré. Y pareció que él también ladraba, pero sin hacer ningún ruido. ¡Qué raro!

Me acerqué al perro olisqueando con atención. Era muy raro. Después de todo, no debía de ser un perro, sino algo que se parecía a un perro.

—¿Ves a la perrita, Molly? ¿La ves?

Fuera lo que fuera lo que estuviera sucediendo, no me parecía muy interesante. Me di la vuelta y continué olisqueando el suelo para ver qué podía descubrir. C. J. todavía estaba mirando hacia el lugar en que habíamos visto a ese perro que no era un perro, y se pasaba una mano por el cabello.

Olisqueé debajo de la cama. Allí había olor de polvo. Metí más la cabeza y choqué con una cosa. La agarré con los dientes y la arrastré fuera: tenía un olor prometedor, como de sudor, de tierra y de algo parecido a un animal. Además, era agradable tener eso en la boca. Me acomodé con intención de ponerme a mordisquearlo mientras C. J. siguiera jugueteando con su cabello. Era esa cosa que las personas se ponen en los pies. Era un zapato.

—Oh, bueno, creo que eso es todo —suspiró C. J.

Y, al darse la cuenta, ahogó una exclamación.

—¡Molly, no!

Al oír mi nombre, levanté la cabeza y meneé la cola. C. J. aprovechó mi momento de distracción para alargar la mano y quitarme mi nuevo juguete. ¡No era justo!

—Molly, esto es…, esto es… Oh, vaya —suspiró C. J.—. No es un juguete, Molly, ¿vale?

Meneé la cola otra vez, esperando que me devolviera el juguete. Pero C. J. abrió la puerta en la que había a ese perro que no era un perro y se quedó allí de pie, dudando.

Fui a su lado. Allí dentro había un montón de ropa. De nuevo, noté ese olor denso y floral, muy fuerte. En el suelo había muchos muchos zapatos. Olían igual de bien que el que C. J. tenía en la mano. Pero puesto que el olor de Gloria era tan fuerte allí, pensé que no eran para mí. Miré a C. J.

—¿Sabes qué, Molly? —dijo C. J. mirando hacia el armario—. No creo que lo eche de menos.

Me devolvió mi juguete y yo me lo llevé, feliz, hasta el salón. De todas formas, no me gustaba mucho esa otra habitación: era posible que ese perro que no era un perro decidiera volver.

Esa noche volví a dormir con C. J.: fue maravilloso. Por la mañana, mi chica preparó tostadas y me dio un poco. Luego puso helado en un cuenco y también me dio un poco.

—Tostadas y helado… es como comer cereales y leche, ¿verdad, Molly? —me preguntó C. J.

Meneé la cola mientras dejaba el cuenco totalmente limpio.

Luego salimos al patio otra vez. Todo estaba húmedo. Ese día, los olores eran deliciosamente fuertes. Volví a hacer mis necesidades. Luego me puse a desenterrar gusanos, pero no me comí ninguno. Después de haberlo hecho unas cuantas veces, una aprende que su sabor nunca es mejor que su olor.

Cuando entramos en casa otra vez, C. J. se puso a lavar los platos. Después me llevó al parque de nuevo. Sin embargo, esta vez Rocky y Trent no aparecieron: menuda decepción. Aunque sí vino otro perro, que se llamaba Ven Aquí Milo.

En cuanto su propietario le soltó la correa, Ven Aquí Milo corrió hacia mí. Puesto que era más grande y mayor que yo, supe qué debía hacer: me tumbé en el suelo y le mostré la barriga para que supiera que comprendía cómo debían ser las cosas entre nosotros. Él me olisqueó con brusquedad. Su propietario lo llamó:

—¡Ven Aquí Milo!

C. J. me tomó en brazos. Él se alejó corriendo.

Mi chica se sentó en el suelo y me soltó. Luego se tumbó de manera que su rostro quedó cerca del mío. Estaba tan contenta que solté un ladrido y di un par de vueltas.

—Esta tarde ya regresa —me dijo—. ¿Podrás no ladrar esta noche?

Encontré un palo, que estuve mordisqueando hasta que se me llenó la boca de corteza.

—No sé qué voy a hacer, Molly. Ella no permitirá que me quede contigo. —C. J. me dio un abrazo muy fuerte, más fuerte de lo que me hubiera gustado—. Te quiero mucho.

Yo percibía su afecto, cosa que compensaba esa manera de abrazarme con tanta fuerza. Sin embargo, en ese momento, yo, en realidad, estaba concentrada en el palo, así que no hice más que menear la cola.

Al regresar a casa, me sentí muy decepcionada porque C. J. me llevó directamente del patio trasero al sótano… ¡Y me dejó otra vez debajo de la escalera! ¡Y yo que había pensado que mi chica por fin había entendido que todo era mucho mejor cuando estábamos las dos juntas! Me puse a ladrar para hacerle saber que cometía un error.

Ella lo comprendió porque, al momento, apartó la caja.

—Necesito que no ladres, ¿vale, Molly? —me dijo—. Me ha mandado un mensaje desde el aeropuerto. Llegará a casa de un momento a otro.

C. J. volvió a colocar la caja. Clavé la mirada en el cartón, disgustada, pero la verdad era que me sentía muy cansada después de haber estado jugando en el parque. Mi nuevo juguete también estaba en ese espacio, pero en ese momento no tenía la energía para ponerme a mordisquearlo, así que me acurruqué con intención de echar una cabezada.

Ya ladraría luego para que mi chica viniera. Y ella vendría.

Me pareció que no hacía mucho rato que dormía cuando oí el ruido de una puerta, arriba.

—¡Estoy en casa! —gritó Gloria—. ¡Mira lo que he traído de Aspen!

5

Aunque durante esos días había notado el olor de Gloria por todas partes, no la había visto en ningún momento. Probablemente, ella se alegraría de verme, igual que C. J. se alegraba siempre, así que solté un par de ladridos y esperé. Pero solo oí que estaban hablando. Ladré un poco más y entonces sí oí lo que esperaba: el sonido de pasos en la escalera.

C. J. apartó las cajas.

—Por favor, Molly, por favor. Por favor, estate callada.

Me había traído un cuenco con comida, que me zampé de inmediato. Luego me introdujo debajo de su chaqueta y me llevó directamente al patio trasero. Creí que íbamos a jugar en el césped, pero ella caminó rápida hasta la puerta del patio y por la acera de la calle hasta que llegamos a la esquina.

Entonces me dejó en el suelo. Me agaché de inmediato y dejé mi marca allí. C. J. me acarició y me elogió. Pero su tono de voz no era alegre.

C. J. volvió a llevarme al sótano. Me dejó de nuevo en ese espacio. Intenté escapar mientras ella empujaba las cajas, pero no fui suficientemente rápida. Oí que subía las escaleras.

Y todo se quedó en silencio.

Dormí un rato. Después me desperté y recordé que estaba sola. C. J. se había olvidado de venir a buscarme para que pudiéramos dormir juntas.

Me puse a gemir.

Era probable que C. J. estuviera tumbada en su cama y se sintiera sola porque yo no estaba con ella. Esa era una idea tan triste que me puse a gemir con más fuerza. Y luego, a ladrar. Y después, ladré más.

—¡Clarity! ¿Qué es ese ruido? —chilló Gloria.

Entonces, la puerta del sótano se abrió.

—¡Creo que viene de aquí abajo! —gritó C. J.

Al oír que C. J. bajaba las escaleras, me puse a menear la cola. ¡Me había oído ladrar! ¡Se acordaba de cómo jugar a ese juego!

—Vuelve a la cama, Gloria. ¡Yo me encargo! —dijo mi chica en voz alta.

Oí que C. J. se movía al otro lado de las cajas. Me puse a rascar el cartón, impaciente por que me sacara de allí. El juego ya había durado bastante. Ladré.

—¡Otra vez! —exclamó Gloria, con pánico en la voz. Me di cuenta de que estaba arriba de las escaleras—. ¡Es un perro! ¡Hay un perro en casa!

Por fin, C. J. apartó las cajas. Yo salí de inmediato y salté a sus brazos para lamerle la cara.

—¡No, no hay ningún perro! —gritó C. J.—. ¡Es un zorro! ¡No te acerques!

—¿Cómo habrá entrado en casa? —preguntó Gloria desde arriba—. ¿Qué hace un zorro ahí?

—Bueno, supongo que el viento habrá abierto la puerta que da al patio —respondió rápidamente C. J.—. ¡Supongo que habrá entrado porque olió tu absurdo abrigo!

La chica sonrió un momento y se arrodilló para dejarme en el suelo. Me acarició. Me apoyé en sus rodillas y meneé la cola, feliz de estar de nuevo al lado de mi chica.

—No puede ser —dijo Gloria, dudando—. ¿Estás segura de que es un zorro?

—¡Sé cómo es un zorro! —respondió C. J., disimulando la risa con las manos sobre los labios—. Es pequeño. Voy a intentar asustarlo para que salga. ¡No te acerques! ¿Y si le da por subir por la escalera?

Oí que Gloria ahogaba una exclamación y que retrocedía unos pasos.

C. J. me cogió en brazos y salió corriendo conmigo al patio trasero.

Esta vez no me dejó en el suelo: continuó corriendo mientras me sujetaba con fuerza por la acera y giró por la esquina de la calle. Luego se detuvo y me dejó en el suelo.

Bajé el hocico y me puse a olisquear la hierba. Por todas partes, noté un olor que me resultaba familiar. ¡Rocky había estado allí!

C. J. llamó a una ventana. Al cabo de un momento, la ventana se abrió y alguien sacó la cabeza. Oí un ladrido que procedía del interior y respondí con un ladrido, saludando a mi hermano.

—¡C. J.! ¿Qué estás haciendo aquí? —preguntó Trent con cara de sueño.

—¡Coge a Molly! —dijo C. J. mientras me levantaba del suelo.

Al cabo de un momento, me encontré en brazos de Trent.

—¿Qué? ¿Cómo? ¿Por qué me das a Molly? —preguntó Trent.

—Quédatela solo esta noche —dijo C. J. hablando deprisa—. Te lo explicaré luego. ¡De verdad que lo necesito, Trent!

—Bueno, vale. —El chico me abrazó contra su pecho—. Pero ¿qué…?

—¡Gracias! —exclamó C. J.

Y salió corriendo. Trent se había quedado boquiabierto. Por mi parte, retocé para saltar al suelo y salir corriendo tras mi chica. Pero Trent me dejó en el suelo y cerró la ventana; entonces Rocky se tiró encima de mí con tanta fuerza por la emoción de verme que rodé. Cuando conseguí quitármelo de encima y apoyar las patas delanteras en la ventana, C. J. ya había desaparecido.

Me puse a gemir. Trent se sentó a mi lado y me acarició un poco. Rocky se puso a mordisquearme una de las patas traseras, así que tuve que bajar de la ventana y ponerme a perseguirlo por la habitación de Trent. Cuando hube terminado de luchar con mi hermano, me sentía tan cansada que me quedé dormida sobre la alfombra sin hacer caso a Rocky, que se había puesto a mordisquearme la cara.

Al despertar, C. J. todavía no estaba allí.

Sin embargo, Rocky estaba durmiendo a mi lado, así que fue fácil saltarle encima y empezar el día luchando un rato. Él era un poco más grande que yo, pero casi siempre me dejaba inmovilizarlo cuando me venía en gana.

—Vosotros dos —gruñó Trent desde la cama—. ¡No son ni las cinco!

Rocky dejó de jugar de inmediato y corrió hacia la cama. La mano de Trent asomaba por debajo del cobertor, así que Rocky metió la cabeza por ahí para que lo acariciara un poco.

Eso hizo que echara de menos a C. J. ¿Dónde estaba mi chica? ¿Cuándo vendría a buscarme? Me puse a ladrar al lado de la ventana para que me oyera y para hacerle saber que la estaba esperando.

—Oh, Molly —dijo Trent. Apartó el cobertor y vino a sentarse a mi lado. Me acarició las orejas; yo apoyé la cabeza en sus manos. Él no era mi chica, pero también sabía rascar detrás de las orejas—. La echas de menos, ¿verdad? Sé cómo te sientes.

Después de que Trent me diera de comer y de que nos sacara a Rocky y a mí al patio trasero, oímos que se abría la puerta del patio… y allí estaba… ¡mi chica!

Me lancé sobre ella, que me cogió en brazos. Rocky también se puso a saltar a sus pies. Estuve a punto de gruñirle por actuar como si él fuera tan importante para C. J. como yo.

Mi chica llevaba una mochila a la espalda. Me dio un beso en la cabeza. Ella y Trent se quedaron de pie, hablando, mientras Rocky corría en círculos.

—¿Qué le has dicho? —preguntó Trent.

—Que tenía que ir temprano a la escuela. Un trabajo especial.

—¿Vas a ir a clase?

—Hoy no.

—C. J., no puedes continuar saltándote las clases.

—Molly me necesita.

—Sí, pero…

—Gracias por cuidar de ella —dijo C. J., que me llevó fuera del patio.

Estuvimos jugando un rato en el parque; luego me llevó a casa. Me preocupó pensar que quizá volviera a dejarme en ese espacio debajo de la escalera, porque ya empezaba a estar cansada de ese juego. Pero C. J. se tumbó en el sofá del salón conmigo y me sostuvo en brazos mientras yo echaba una cabezada.

A pesar de todo, cuando desperté, C. J. empezó otra vez con ese viejo juego.

Me llevó escaleras abajo y me dejó en ese pequeño espacio. Intenté salir corriendo y estuve a punto de conseguirlo, pero ella colocó la caja en su sitio muy deprisa y no lo conseguí.

Me senté, frustrada. ¿Por qué mi chica continuaba haciendo eso?

También había otra cosa que me desconcertó. C. J. no subía las escaleras del sótano, ni tampoco salía por la puerta del patio, sino que se había quedado al otro lado de las cajas.

Ladré para decirle que me dejara salir.

—¡No! —exclamó C. J. con dureza.

Di un respingo. ¡Mi chica nunca me había hablado de esa forma! Me quedé tan sorprendida que me senté, sin saber qué hacer.

Al cabo de unos minutos, C. J. apartó la caja y dijo:

—¡Buena chica, Molly!

Me dio un premio muy crujiente.

Mientras me lo comía alegremente, ella volvió a colocar la caja en su sitió. Volví a ladrar.

—¡No! —dijo C. J.

Y el juego siguió de esa forma durante mucho mucho rato.

No me gustaba estar sola en ese pequeño espacio de debajo de la escalera. Se me ocurrían un montón de juegos que serían mucho más divertidos. ¿Qué tal «tirar de la toalla»? ¿O «mordisquear el nuevo juguete»? ¿O incluso «lamer a la chica en la barbilla»?

Sin embargo, al final comprendí que, si me quedaba callada debajo de las escaleras, conseguía un premio. Y que si ladraba, solo lograba que C. J. me gritara: «¡No!».

No estaba segura de qué significaba todo eso ni de por qué habían cambiado las reglas del juego. Pero, de todas formas, jugué. En realidad, tampoco había nada más que hacer.

Después de haber estado jugando a «silencio» durante demasiado tiempo, y de haber salido unas cuantas veces al patio a jugar, y de haber echado un par de cabezadas, oí que se abría una puerta de arriba.

—Vale, ahí viene —murmuró C. J.—. Vamos a hacerlo, Molly.

Me puso debajo de la escalera y colocó la caja en su sitio.

Me senté, en silencio.

C. J. subió las escaleras. Yo continué sentada. Se oyeron unos pasos en el techo y unas voces que hablaban. Me llegó el olor de la comida.

Continué sentada. Luego estuve mordisqueando mi juguete. Y esperé un rato más.

Me pareció una eternidad, pero al final C. J. bajó al sótano, me dedicó unos elogios, me dio un premio y me sacó por la puerta del patio para ir a dar un largo paseo por las calles. ¡Y conseguí oler a un conejo!

Cuando regresamos a casa, C. J. me puso debajo de las escaleras para jugar un rato más a «silencio». Suspiré y gemí un poco. Pero estaba exhausta después del largo paseo que habíamos dado, así que pronto me quedé dormida.

Me despertaron unos pasos en las escaleras del sótano. Eran más fuertes que los que daba mi chica; también noté ese familiar olor floral que yo sabía que era el de Gloria.

Ella suspiró y dejó en el suelo una cosa que pesaba mucho.

—Detesto hacer la colada —murmuró.

Oí que se abría una puerta metálica y, al cabo de unos momentos, volvió a cerrarse.

—¿Gloria? ¿Qué estás haciendo en el sótano? —preguntó desde arriba C. J. Su voz sonaba alarmada.

Al cabo de un momento, ya estaba bajando las escaleras.

—¿Qué te parece que estoy haciendo? —respondió Gloria—. ¿Qué puedo estar haciendo aquí?

Yo estaba esperando, con impaciencia, que C. J. me sacara de allí. Hacía una eternidad que estaba callada.

—Oh, claro, la colada, ¡lo había olvidado! —dijo C. J. con tono más animado—. ¿Quieres que te ayude?

Solté un gemido y rasqué la caja de cartón para

recordarle a C. J. que me había portado extremadamente bien y que estaba lista para recibir mi premio.

—Bueno, claro —dijo Gloria, un tanto desconcertada—. Saca la ropa de la lavadora.

—¡Vale! ¡Es mía!

C. J. continuaba hablando muy alto. Quizá por eso no me oía gemir. Lo volví a intentar.

—Esto… ¡Gloria!

—¿Qué?

—Quería preguntarte… sobre…, bueno…, sobre mi padre.

—¿Qué quieres saber? —dijo Gloria—. No, no pongas eso en la secadora. Es de seda. Tiene que secarse en el tendedero.

—Vale, comprendo. Quiero decir, no sobre él. Es decir, hace muchos años del accidente de coche. No pienso en él muy a menudo. Ya no.

—Cinco años —dijo Gloria—. Hace cinco años que soy madre soltera.

—Sí, ya, quiero decir… Estaba pensando que… ¿No tenía parientes?

—¿Qué parientes? —preguntó Gloria.

—Bueno, me parece recordar, ¿no había una granja? Creo que estuve allí una vez, por lo menos. ¿Y un lago? ¿Y un caballo, quizá? ¿Todavía están?

—No me sorprendería que estuvieran —repuso Gloria sin mostrar gran interés—. La madre de tu padre no dejaría ese sitio ni por un millón de dólares. Soy incapaz de comprender por qué. Un establo asqueroso y un caballo dentro, y ese lago apestoso, y ese desagradable perro que corre por todas partes, incluso en el interior de la casa. ¿Por qué debe querer alguien vivir de esa...?

Ese juego de «silencio» ya estaba durando demasiado. Suspiré con frustración y rasqué la caja con más fuerza. ¿Acaso mi chica había olvidado las nuevas reglas?

—Bueno, estaba pensando... —dijo C. J., nerviosa—. Quizá podría ir a visitarlos algún día. Es mi abuela quien tiene la granja, ¿verdad? Es decir, me gustaría...

Algo muy pesado golpeó una superficie de metal.

—Por supuesto que no —dijo Gloria—. No puedo creerme que me pidas eso, Clarity.

—Pero solo quiero.

—Me trataron de una forma horrible. ¡Horrible! Ya lo sabes.

—Bueno, sé que no te llevaste bien con ellos algunas veces, pero...

—¡Intentaron decirme cómo debía cuidar de mi propia hija! —Gloria parecía indignada—. ¿Cómo es posible que se te haya ocurrido pensar eso, Clarity? Es como si no tuvieras ningún sentido de la lealtad.

—No lo decía en ese sentido. Solo tenía curiosidad. Sin más.

—Bueno, pues ya puedes dejar de tenerla. Y lleva la ropa seca arriba.

Gloria subió la escalera. Al cabo de unos segundos, la caja que me cerraba el paso se movió y vi a C. J. allí, sacándose un premio del bolsillo para mí.

—¡Ha faltado poco, Molly! —susurró—. Oh, chica..., eres una buena perra. Muy bien, Molly.

Me dio un premio extra y me tomó en brazos. Le lamí la cara y noté el sabor de sal de sus lágrimas.

Pero luego C. J. volvió a decirme «cállate» (¡otra vez!) y volvió a dejarme debajo de la escalera. Eso no era nada justo. Oí que subía la escalera. Sin embargo, al cabo de un momento, bajó otra vez con otro premio y me sacó al patio durante mucho rato. Luego volvió a dejarme en el sótano para que durmiera.

Por la mañana estuve haciendo «silencio» un rato más. Luego, C. J. bajó con su mochila para darme el premio, besarme y sacarme al patio. Pero estaba nerviosa: lo noté por su voz y por sus manos mientras me acariciaba.

—Lo siento, Molly. No puedo faltar más a clase —susurró—. Tengo que irme. Volveré a la hora de comer y vendré a sacarte, ¿vale? —Me dejó debajo de las escaleras y añadió—: Silencio y pórtate bien.

Rápidamente, colocó la caja en su sitio y salió corriendo al patio trasero. Sin mí.

Suspiré. Eché una cabezada. Estuve mordisqueando mi juguete. Al final lo rompí en dos trozos. Deseé poder enseñarle a C. J. el buen trabajo que acababa de hacer.

Luego eché otra cabezada. No había nada más que hacer. Cuando desperté, oí que Gloria se movía por arriba. ¿Sabría Gloria que yo tenía que recibir un premio por hacer «silencio»?

Rasqué un poco la caja. Me di cuenta de que C. J. no la había metido tan bien como otras veces. Rasqué con más fuerza y entonces empujé el hocico por la rendija que se abrió entre la escalera y la caja. Empujé más. La caja se movió un poco.

Empujé y rasqué con más fuerza. Puesto que no estaba ladrando, me pareció que me estaba portando bien. C. J. nunca me había dicho «¡no!» a lo de empujar.

La rendija se hizo más y más grande. Di otro empujón y metí la cabeza por ella. Luego saqué el cuerpo y salí al sótano.

El sótano no era muy divertido sin C. J. La parte de arriba de la casa siempre tenía olores más interesantes. Allí era donde se encontraba la comida y donde siempre estaban las personas. Por tanto, la alfombra y los muebles tenían su olor.

Me dirigí hacia arriba.

Fue difícil. Tuve que levantar las patas delanteras en cada escalón; luego, esforzarme por hacer subir mis patas traseras. Pero, poco a poco, lo conseguí.

Vi que la puerta de arriba de las escaleras había quedado abierta. Ya solo me quedaba un escalón. Levanté las patas delanteras, clavé las uñas en el suelo, subí las patas traseras y, por fin, me encontré en la cocina.

Entonces oí el timbre de la puerta. Encontré algo dulce y pegajoso en el suelo; me puse a lamerlo mientras oía a Gloria caminar por el salón y abrir la puerta de la entrada.

—Hola —dijo.

En ese momento, ya había terminado de limpiar el suelo, así que me sacudí el cuerpo y troté hacia donde estaba Gloria. Quizá se había olvidado de mi premio. Se lo recordaría.

Gloria estaba de pie en la puerta de entrada. Me dispuse a atravesar el salón para ir a saludarla. El aire que entraba por la puerta abierta de la entrada arrastraba los olores de la hierba y de los árboles y de la tierra húmeda y de todos los pequeños animales nocturnos que habían correteado por el patio durante la noche.

Había otra persona de pie en la puerta de entrada, justo delante de Gloria.

—¿Señora Mahoney? —dijo—. Soy la agente Llewellyn, inspectora escolar.

Me acerqué a buen paso para saludar a Gloria y a esa persona nueva. La mujer del porche miró por encima del hombro de Gloria y luego volvió a retomar la conversación.

—¿Inspectora escolar? ¿De qué está hablando? —preguntó Gloria.

—Debo hablar con usted —dijo aquella desconocida—. Su hija ha faltado a clase demasiadas veces durante este semestre.

Gloria estaba allí de pie, sin hacer nada, a pesar de que yo ya estaba a su lado y esperaba mi premio. Le apoyé una pata en la pierna.

Entonces, ella me miró y soltó un chillido.

6

Gloria dio un respingo, y yo también. Luego, meneé la cola para ella y para la otra mujer que se encontraba en el porche.

—¡Esto no es un zorro! —exclamó Gloria.

La mujer nueva se agachó y me acarició. Tenía unas manos cálidas y agradables que olían a jabón y a frutos secos salados. Feliz, se los lamí.

—¿Un zorro? —dijo, desconcertada—. Por supuesto que no lo es. Es un cachorro.

—¿Qué está haciendo en mi casa? —preguntó Gloria con voz ahogada.

La mujer se puso en pie.

—No le puedo responder a eso, señora. Es su casa. Aquí tiene una copia de la citación, con el requerimiento de que se presente. —Le dio a Gloria unos papeles—. Tendrá que venir al juzgado con su hija. ¿Comprendido?

—¿Qué hay del perro?

Miré a Gloria y meneé la cola con más fuerza al oír la palabra «perro». Quizá por fin se había acordado de que debía darme un premio.

—¿Qué pasa con él?

—¡Lléveselo! —exigió Gloria.

—No puedo hacer eso, señora.

—¿Significa eso que está usted más preocupada por que una muchachita se salte un par de clases que por que una mujer esté atrapada en el porche de su propia casa por un perro?

—Eso es… —La mujer parecía escandalizada—. Eso es correcto, sí.

—¡Es lo más estúpido que he oído en mi vida! —gritó Gloria—. ¿Qué clase de agente es usted?

—Soy una inspectora escolar, señora Mahoney. Creo que eso es todo.

La mujer se dio la vuelta y bajó del porche.

—¿Y qué hago con el perro? —gritó Gloria.

—Llame a la protectora de animales, señora. Se dedican a esto.

—Muy bien, lo haré —murmuró Gloria.

Gloria se desplazó a un lado, hasta una escoba que estaba apoyada contra la pared. Soltó los papeles para cogerla. Rápidamente, la blandió hacia mí.

Yo di un salto hacia atrás, pero luego me lancé contra ella intentando agarrar el cepillo con los dientes. ¡Era un juego maravilloso!

—¡No! —gritó Gloria. Parecía asustada.

Me quedé quieta y la miré con la cabeza ladeada. Conocía la palabra «no». Pero ¿a qué se refería? ¿Es que no le gustaba ese juego? Bueno, si lo prefería, podíamos jugar a otra cosa.

Con un movimiento rápido, Gloria entró en la casa y cerró la puerta dando un portazo.

Me quedé allí unos minutos mirando la puerta, pero no volvió a abrirse. Así que fui hasta el patio.

Volvía a hacer un día muy agradable. Quizás ese conejo me estuviera buscando. Salí del patio y troté por la acera mientras olisqueaba los matorrales. Por supuesto, habría sido más divertido estar fuera de casa con C. J. O con Rocky, para poder jugar y luchar. Sin embargo, a pesar de ello, eso era mejor que estar jugando a «silencio bajo las escaleras».

El aire iba cargado de los olores frescos y profundos de las hojas y de la hierba, así como del olor dulce de las flores. Detectaba las marcas que los perros habían dejado en matorrales y postes, así como los troncos y vallas en que se habían restregado los gatos. Unas cuantas ardillas habían corrido por la hierba. Noté un ligero aroma del conejo, así que lo seguí hasta un agujero que había debajo de un porche. Luego pasó un coche que dejó en el aire un olor metálico y aceitoso. Mi olfato no dejaba de trabajar.

Parecía bastante claro que el conejo no pensaba volver a salir, así que, después de estar olisqueando el agujero un rato, continué avanzando. Me llamó la atención un contenedor de basura que había en una esquina. ¡Allí dentro había comida! Me parecía que había pasado una eternidad desde la última vez que C. J. me había traído el cuenco lleno de comida crujiente.

Solo por el olor supe que dentro había restos de pan y de carne, además de otras cosas que también parecían sabrosas. Me erguí sobre las patas traseras y estiré las patas delanteras tanto como pude contra el contendor, pero no pude alcanzar nada. Bajé las patas y, en ese momento, pisé algo crujiente.

Era una bolsa delgada y rígida que desprendía un delicioso olor de sal. Metí la cabeza dentro y me puse a lamer. Encontré unos trocitos de patata frita que me tragué de inmediato. La sal me dio sed y me escoció en la lengua igual que cuando había comido ese jamón, pero no podía parar de comer.

Luego sacudí la cabeza con fuerza para quitarme la bolsa de encima, que salió volando. Al otro lado de la calle, vi una ardilla que estaba encaramada en la parte baja de un árbol, cerca del suelo. Parecía una posición excelente para darle caza. ¡Tenía que llegar allí!

Sin embargo, en cuanto llegué al bordillo, me detuve y miré hacia abajo. Hasta ese momento, había subido escalones, pero nunca los había bajado. Subir parecía más fácil. Adelanté una pata, dudé un momento y luego me incliné hacia delante. De repente, perdí el equilibrio. Mis patas delanteras y mi cabeza cayeron a la calle, seguidas inmediatamente por mis patas traseras.

Rodé por el suelo, me puse en pie y me sacudí. Entonces pasó un coche por mi lado. Ahora me encontraba más cerca de esas gigantescas y apestosas bestias que cuando estaba en la acera.

La ardilla, al otro lado de la calle, trepó un poco por el árbol. ¡Se me estaba escapando! Solté un ladrido y agaché las patas traseras, dispuesta a correr.

Y entonces... la mano de un ser humano apareció bajo mi barriga y me levantó del suelo.

—Hola, cachorrito —dijo alguien con voz profunda—. Eso parece peligroso.

Me retorcí para mirar a mi alrededor y ver quién me había cogido.

Era un hombre grande que tenía una voz atronadora y un montón de pelo negro en la cara. En la otra mano (la que tenía libre) llevaba un palo con un lazo de tela brillante atado a un extremo. Pero dejó el palo apoyado en la furgoneta que estaba parada en la curva y utilizó esa mano para acariciarme.

Tenía un olor interesante: de otros perros y de jabón, y de algo fresco y mentolado en la boca. Sin embargo, en ese momento, yo solo quería alcanzar a esa ardilla. Agité las patas para hacerle saber que debía dejarme en el suelo.

—Bueno, calma, tranquila —dijo mientras abría la puerta de la furgoneta.

En el interior había una caja que tenía un aspecto extraño y que estaba hecha de metal y alambre. El olor que me llegaba desde allí no me gustó. Olía a miedo, como si allí hubieran estado varios perros que habían pasado mucho mucho miedo.

El hombre abrió la puerta de la caja y, rápidamente, me metió dentro.

Entonces, con la misma rapidez con que C. J. colocaba la caja para dejarme encerrada bajo la escalera, cerró la puerta.

¡Estaba encerrada! Giré dando un círculo, desconcertada. En esa caja habían estado muchísimos perros antes que yo. Eso era evidente. Y casi todos ellos se habían sentido tristes y asustados.

¿Cómo iba a dar caza a esa ardilla ahora? ¿Cuándo iba a sacarme C. J. de allí?

—¡Eh! —oí que exclamaba alguien.

El hombre se giró al oír unos pasos que se acercaban.

—¡Eh! —volvió a exclamar en voz más alta.

Reconocí esa voz.

¡Era C. J.!

Apoyé las patas delanteras en la jaula y ladré, feliz. De alguna manera, sabía que ya no estábamos jugando a «silencio». ¡Y mi chica estaba allí! Meneé la cola con fuerza.

—¿Qué está haciendo? —exclamó C. J. corriendo hasta donde estaba el hombre que me había metido allí dentro. C. J. tenía los ojos muy abiertos y parecía asustada—. ¡Es mi perro!

—Un momento —dijo el hombre—. Un momento.

—¡No puede llevarse a mi perro! —gritó C. J.

Empecé a preocuparme. El sonido de la voz de C. J. era agudo y ansioso, como el de un cachorro que no pudiera encontrar a su madre. Me necesitaba. ¿Por qué no me sacaba de allí?

—Hemos recibido una queja —le dijo el hombre a C. J.—. Y este perro estaba corriendo suelto por ahí.

Solté un ladrido para recordarle a C. J. que me encontraba allí dentro y que estaba esperando.

—¿Una queja? Molly es solo un cachorro —dijo C. J.—. ¿Quién se puede quejar por un cachorro?

Al oír mi nombre, ladré con más fuerza.

El tipo negó con la cabeza.

—No lleva ningún collar. Ni ninguna placa. Nada que la identifique y diga dónde vive.

—¡Vive conmigo! —dijo C. J., frenética—. ¿No se da cuenta? ¡Mírela!

Yo intentaba romper el alambre con los dientes, pero me hice daño en la boca. Así pues, me puse a saltar con todas mis fuerzas y a ladrar y a retorcerme y a hacer todo lo posible para decirle a mi chica que debía venir a buscarme.

—Mira, cariño —dijo el hombre—. Si es tu perra, podrás venir a buscarla al centro en cualquier momento a partir de mañana por la tarde.

—Pero ¡espere! ¡Espere! —Ahora C. J. tenía el rostro lleno de lágrimas. Solté un gemido. Quería lamerle la cara para borrar su tristeza. ¿Por qué no venía a buscarme para que pudiera cuidar de ella?—. Ella no comprenderá por qué se la lleva. Creerá que no me preocupo por ella. Por favor, por favor. No sé cómo se ha escapado, pero le prometo que no volverá a ocurrir. Lo prometo, lo prometo. Por favor.

El hombre soltó un profundo suspiro.

—Bueno…, de acuerdo. Vale. Pero tienes que ponerle un collar y una chapa. Y llevarla al veterinario. Ponerle vacunas y que le pongan un microchip. Y, dentro de unos meses, deberás hacer que la esterilicen. Y luego conseguir la licencia. Es la ley.

C. J. ahogó un sollozo y se secó las lágrimas.

—Lo haré. De verdad que lo haré. Por favor, por favor, ¿puedo coger a mi perro?

El hombre alargó el brazo y abrió la puerta de la caja metálica.

Me lancé a los brazos de C. J. Esta vez no recibí ningún premio: quizá no había estado suficientemente callada. Pero no me importaba. Para mí era suficiente con estar cerca de mi chica, lamerle las lágrimas y menear la cola contra su cuerpo.

—Gracias —susurró C. J.—. Gracias.

—De nada —dijo el hombre—. Pero mantén tu promesa.

C. J. se apresuró a asentir con la cabeza mientras continuaba abrazándome con fuerza. El hombre se subió a la camioneta y se marchó.

Sin dejar de abrazarme, C. J. susurró:

—Oh, Molly. Oh, Molly, creo que será mejor que vayamos a casa.

Notaba que el corazón le latía con fuerza, pero caminar hacia casa no la calmaba. Al subir los escalones del porche, continuaba latiéndole con fuerza. C. J. dirigió la mirada hacia los papeles que todavía estaban tirados en el suelo del porche, cogió uno de ellos y lo miró.

Se quedó allí un momento, conmigo en brazos y con el papel en la mano. Luego abrió la puerta y entró en casa.

—¿Clarity? ¿Eres tú?

Gloria salió de la cocina y entró en el salón. De repente, al verme, se detuvo y se quedó mirándonos a C. J. y a mí.

Meneé la cola. Estaba deseando acercarme a Gloria y decirle hola, pero C. J. me sujetaba con firmeza. En realidad, resultaba un poco incómodo, pero estaba dispuesta a soportarlo con tal de estar con mi chica.

—¿Qué es eso? —preguntó Gloria.

—Es Molly. Es mi perro.

Ahora a C. J. no solo le latía el corazón con fuerza, sino que le temblaba todo el cuerpo. Metí la cabeza bajo su barbilla para estar tan cerca de ella como fuera posible y para hacerle saber que yo siempre estaría allí para cuidarla.

—No. No lo es —dijo Gloria—. ¡Fuera! ¡Sácalo de aquí!

—¡No! —C. J. levantó la barbilla.

—¡No puedes tener un perro en mi casa!

—¡Pienso quedarme con ella!

—No puedes exigir nada así justo ahora. ¿Sabes el lío que tenemos? ¡Ha venido un inspector escolar a llamar a mi puerta! ¡Te has saltado tantas clases que han venido a arrestarte!

C. J. me dejó en el suelo. Me senté al lado de sus pies.

—¿Te has molestado en leer esto? —preguntó C. J. agitando el papel en el aire—. No dice nada de arrestarme. Pero sí dice que tienes que ir al juzgado conmigo.

—Vale. ¡Vale! —Gloria había erguido la espalda y miraba a C. J. con altivez—. Y les pienso decir que estás totalmente fuera de control.

—¡Y yo les diré por qué!

C. J. estaba más enojada que asustada. Lo notaba en el tono de su voz y por cómo tenía las manos, apretadas en puños.

—¿De qué estás hablando?

—¡Les diré por qué pude saltarme tantas clases! Te vas siempre de viaje y me dejas aquí sola. Sin ningún adulto. ¿Qué crees que pensará un juez de esto?

—No me lo puedo creer. Tú misma me pediste quedarte sola. ¡Detestabas a la canguro que te había buscado!

—No creo que a un juez le importe mucho tal cosa —dijo C. J. con firmeza.

Ahora era Gloria quien estaba ansiosa. Miré a mi alrededor con nerviosismo para ver dónde estaba la amenaza, pero lo único que veía era las cosas del salón: el sofá, la chimenea, la mesa del café, la estantería. Parecía igual que siempre.

—A no ser… —dijo C. J. bajando la voz—. A no ser que me dejes quedarme con Molly.

Oí mi nombre y miré a mi chica.

—¿Qué diantres…? —exclamó Gloria.

—Si dejas que me quede con Molly, no le diré nada a nadie acerca de tus viajes —dijo C. J.—. Ni al juez, ni al director, ni a nadie. Les diré que te había dicho que estaba en la escuela, pero que en realidad estaba haciendo novillos. Les diré que no fue culpa tuya.

—¡No fue culpa mía! —dijo Gloria, indignada.

—Y Molly me protegerá mientras tú estés fuera —añadió C. J.—. Cuando vuelvas a estar fuera. Otra vez. Si estoy con Molly, no me importará. Nunca se lo diré a nadie, aunque estés fuera mucho tiempo.

—¿Un perro? ¿En mi casa? No me lo puedo creer, Clarity. Ya sabes lo que siento por los perros.

—Y tú sabes lo que siento por Molly. Bueno, ¿qué quieres que haga?

Gloria abrió un poco los brazos.

—Vale. ¡Vale! Pero no pienso ocuparme en nada de esa cosa.

Se dio la vuelta y volvió a entrar en la cocina.

C. J. soltó un suspiro profundo y tembloroso. Se sentó y me puso encima de su regazo. Me gustó poder continuar lamiéndole la barbilla y dejar que me acariciara desde la cabeza a la cola.

—Oh, Molly —susurró C. J.—. Creo que lo hemos conseguido.

Esa noche pude acurrucarme de nuevo en la cama de mi chica. Por supuesto, me sentía tan emocionada que me costó dormirme, pero C. J. me puso una mano encima y me estuvo acariciando despacio y con suavidad hasta que empecé a amodorrarme. Me acurruqué contra su cuerpo, sintiendo la corriente de amor de mí hacia ella y de ella hacia mí.

Me desperté más tarde, al oír que alguien caminaba por el pasillo. Era Gloria.

La puerta de la habitación de C. J. que daba al pasillo estaba un poco abierta. Gloria la abrió un poco más. Luego se quedó allí de pie, mirándome en la cama.

Meneé la cola. Solo un poco. No quería despertar a mi chica.

Gloria no parecía alegrarse de vernos a ninguna de las dos. Simplemente, me observó desde el pasillo oscuro.

7

A partir de ese día, C. J. y yo nunca volvimos a jugar a «silencio bajo la escalera». Y yo me alegraba mucho de ello.

Casi todos los días, C. J. estaba fuera de casa más tiempo del que a mí me parecía necesario. Se colgaba la mochila a la espalda por la mañana, me acariciaba y me daba un beso en la cabeza.

—Tengo que ir a clase, Molly —decía.

Al final, yo ya me echaba a lloriquear un poco al oír la palabra escuela. Sabía que eso significaba que mi chica se separaba de mí.

Normalmente, me quedaba en la habitación de C. J. mientras ella estaba fuera, ya que allí su olor era más fuerte. Pero Gloria me dejaba salir al patio cada vez que lo necesitaba. Y, por las tardes, C. J. regresaba otra vez para cogerme en brazos y acariciarme y llevarme al parque o al patio a correr un rato y a jugar.

Había algunos días en que C. J. no iba a la escuela; entonces estábamos todo el rato juntas. A veces nos quedábamos en casa, pero casi siempre nos íbamos a visitar a algunos amigos. Lo que más me gustaba era ir a visitar a Trent y a Rocky. Creo que a C. J. también, porque íbamos más allí que a ningún otro sitio.

Poder jugar con mi hermano era genial. Rocky y yo corríamos por el patio trasero de la casa de Trent, o por su habitación, y luchábamos hasta caer exhaustos. Luego me tumbaba encima de él un rato, cogiéndole una pata con los dientes de puro cariño.

C. J. estaba más contenta en casa de Trent y de Rocky que en casa de Gloria. Eso era evidente. Allí sonreía más y se reía más fuerte, y su cuerpo estaba más relajado cuando se sentaba en el suelo de la habitación de Trent. Me hacía tan feliz que a veces necesitaba dejar un rato a Rocky y lanzarme sobre el regazo de mi chica para que me acariciara la barriga.

—¿Crees que es una schnauzer-caniche? —le preguntó C. J. a Trent un día mientras me acariciaba—. ¿Una *canichnauzer*?

—No creo —respondió Trent. Estaba sentado en el suelo, a cierta distancia de C. J.; jugaba con Rocky a «tirar del calcetín»—. Quizá sea dóberman-caniche

—Una boba —dijo C. J.

Me gustó como sonaba esa palabra. Meneé la cola con fuerza.

—Molly, puedes ser una *canichnauzer*, o una *doberniche*, pero nunca una caniche —dijo Molly, dándome un beso en el hocico.

Meneé la cola con más fuerza incluso.

—Eh, mira esto —le dijo Trent a C. J.—. ¡Rocky! —El perro se quedó tieso y miró directamente a su chico—. ¡Siéntate! ¡Siéntate! —dijo Trent.

Rocky bajó el trasero al suelo sin dejar de mirar a Trent a los ojos en ningún momento.

Miré a mi hermano, boquiabierta. ¿Qué había pasado con nuestro excelente juego de «yo soy más rápida que tú»?

—¡Buen perro! —dijo Trent.

Y Rocky se levantó de un salto. Pensé que podíamos volver a jugar y me puse a perseguirlo hasta debajo de la cama.

—No le estoy enseñando ninguna orden a Molly —dijo C. J.—. Ya he recibido suficientes órdenes en mi vida.

—¿Lo dices en serio? —preguntó Trent mientras yo metía el hocico bajo la cama y agarraba la cola llena de polvo de Rocky—. A los perros les gusta trabajar. He leído este libro. Ahí lo explican. Mira. Le gusta. ¡Rocky!

Mi hermano salió de debajo de la cama arrebatándome la cola de los dientes y dirigió toda su atención hacia Trent.

—¡Siéntate! —dijo Trent otra vez.

Rocky se sentó.

Todo lo que mi hermano hiciera, yo también podría hacerlo. Bajé mi trasero hasta el suelo y esperé a que alguien me dijera que era una buena perra.

—¡Mira, Molly lo ha aprendido mirando a Rocky! ¡Eres una perra muy buena, Molly! —exclamó Trent—. Tú también, Rocky. ¡Buen perro!

Rocky y yo meneamos la cola al oír que éramos unos perros buenos. Él se tumbó en el suelo para que le acariciaran la barriga, así que yo le agarré la garganta con los dientes.

—Eh, mira… —dijo Trent.

Rocky se quedó inmóvil y luego dio una sacudida para quitárseme de encima. Yo también lo había notado: a Trent le había entrado un miedo repentino. Levanté la cabeza, alerta. Rocky metió el morro bajo la mano de Trent y yo fui a comprobar cómo estaba C. J.

Estaba sentada en el suelo; tenía la espalda apoyada en la cama de Trent. Fuera lo que fuera lo que asustaba al chico, a ella no le importaba.

—¿Sabes que hay ese baile en la escuela?

—He visto los carteles —dijo C. J. No parecía muy interesada.

—Quizá…, no sé… ¿Quieres ir?

—No. ¿Quién me lo pediría? —respondió C. J. riendo.

A Trent se le estaban subiendo los colores a la cara. Rocky empezó a retorcerse con el hocico metido bajo la mano de Trent para ver si eso resultaba de ayuda.

—Bueno, lo acabo de hacer —dijo Trent en voz no muy alta.

—¿Qué? No, ¿lo dices en serio? No se va a bailar con los amigos —dijo C. J. riendo—. Los bailes no son para eso.

Trent cogió a Rocky y se lo acercó al rostro.

—Ya, pero… —farfulló con la cara pegada al pelaje de mi hermano.

—Pero ¿qué? Tienes que ir con tu novia, así es como se hace. Pídeselo a alguna chica guapa. ¿Qué tal Susan? Sé que le gustas.

—No, yo… —Trent puso a Rocky en su regazo—. ¿Guapa? Venga, C. J. Sabes que eres guapa.

—Guau —soltó C. J., que se rio—. Vale, muéstrame qué más le has enseñado a Rocky.

Trent tenía el ceño fruncido y miraba al suelo.

—No le he enseñado nada más —dijo.

C. J. se lo quedó mirando.

—¿Qué sucede?

—Nada. Bueno, ¿qué pasa con eso del inspector? —le preguntó.

Ahora Trent ya no estaba asustado, aunque tampoco parecía contento. Pero yo sabía que pronto volvería a estarlo porque Rocky estaba con él. Me tumbé al lado de C. J. y expuse la barriga para que me acariciara.

C. J. me acarició un poco y yo me retorcí de placer.

—Oh, es una pesadez —dijo—. Me han detenido, pero no es una detención normal. Es una especie de clase rara, de arte.

—¿En serio? ¿Te saltas las clases y tienes que ir a clase de arte?

—Sí. Es raro, ¿no? Será después de clase. Empiezo la semana que viene. Pero no podré faltar ni un día. ¡Ni uno! Si lo hago, se acaban las clases de arte y me van a sacar de las clases normales. Tendré que sentarme en algún sitio con un ordenador y aprenderlo todo por mi cuenta.

—Bueno, odio decirlo, pero…

—Pues ¡no lo hagas! —lo cortó C. J.—. Vamos a llevar a pasear a los perros.

¡«Pasear»! ¡Conocía esa palabra! ¡Era una palabra maravillosa! Rocky y yo empezamos a correr frenéticamente por la habitación de Trent, llenos de alegría.

Unos días después, C. J. me llevó otra vez de paseo después de venir de la escuela. Yo estaba contenta, pero, por algún motivo, C. J. parecía tener prisa. Normalmente me permitía oler las cosas todo el rato que quería, a no ser que encontrara algo delicioso, porque entonces siempre tiraba de mí para apartarme. Nunca entendí por qué hacía tal cosa.

Sin embargo, esa vez, C. J. caminaba deprisa. No conseguí más que notar levemente los aromas de los perros y las ardillas, así como de los deliciosos restos de basura y la hierba a nuestro paso.

—Vamos, Molly. ¡No podemos llegar tarde! —insistía C. J.

No comprendía por qué teníamos tanta prisa, pero por lo menos me llevaba con ella.

—Ahí está el edificio de artes —dijo, y empezó a correr un poco.

La seguí, pegada a ella.

C. J. empujó una puerta y un montón de olores se me vinieron encima. Algunos eran penetrantes y me escocieron en los ojos. Otros eran como de tiza y de polvo. Unos eran profundos y casi parecían de algo comestible, aunque no del todo. Otros se parecían a la tierra del patio después de llover.

Me quedé quieta, trabajando con el hocico con una concentración total para distinguir todos esos nuevos olores, mientras C. J. hablaba con una mujer alta que se había acercado para saludar.

—Esto…, puedo traer a mi perro, ¿verdad? —dijo C. J. Estaba nerviosa, así que me apreté contra su pierna—. Llamé para preguntarlo y hablé con una persona de la oficina, que me dijo que no pasaba nada siempre y cuando se portara bien. Es muy buena.

—Seguro que sí —dijo la mujer—. Hola, C. J. Soy Sheryl. Bienvenida. ¿Por qué no te sientas? Empezaremos dentro de un minuto.

C. J. se sentó en una de las mesas y se quitó la chaqueta, que dejó en otra silla. Yo me quedé a su lado un momento, pero luego me alejé un poco para explorar.

Había un fregadero. Vi una puerta cerrada que daba (me di cuenta al oler por debajo de ella) a un pasillo. Había una mesa en la que Sheryl estaba abriendo unos cajones, buscando algo. Y había un montón de mesas. En todas ellas había un chaval sentado.

—¡Vaya, qué perro tan mono! —dijo uno de ellos.

Al momento aparecieron un montón de manos que me acariciaron. Estuve lamiendo muchos dedos e, incluso, algún rostro que se acercó a mí.

Pensé que, seguramente, a C. J. y a mí nos iba a gustar mucho ese edificio de arte.

Después de ese día, empezamos a ir tres veces a la semana. C. J. se sentaba en una de las mesas y se ponía a dibujar, o se quedaba de pie delante de un caballete y hacía borrones con pintura. Me gustaba el olor de las pinturas, pero no el de la trementina que utilizaba para limpiarse las manos después: no permitía que me acariciara hasta que ese olor no hubiera desaparecido un poco.

Sin embargo, todo eso estaba muy bien porque había muchos chicos que estaban deseando acariciarme la espalda o rascarme detrás de las orejas. «¡Hola, Molly!», me saludaban. «C. J., le he traído un premio a Molly. ¿Se lo puedo dar?» «¡Eh, Molly, ven aquí!»

Me encantaba oír tantas voces diferentes pronunciar mi nombre. Por mi parte, me dedicaba a ir de mesa en mesa para recibir toda la atención posible mientras C. J. trabajaba con sus pinturas y sus lápices.

Sin embargo, había un chaval que no me acariciaba nunca, a pesar de que se sentaba en la misma mesa que C. J. Lo que hacía era mirar mucho a C. J. Me di cuenta de eso porque yo también la miraba mucho. Sin embargo, él la miraba de un modo diferente. Yo lo hacía porque ella era mi chica y porque debía estar atento a todo lo que hacía. Pero él la observaba como si estuviera enfadado con ella, incluso cuando C. J. estaba sentada en silencio pasando un lápiz por encima de un trozo de papel.

Sheryl solía llamarlo: «Shane, ¿puedes ponerte a trabajar, por favor?», le decía. O bien: «Shane, enséñame cómo vas. Shane, presta atención a tu propio trabajo».

A mí no me importaba que Shane no me acariciara nunca, pues lo cierto es que su olor no me gustaba. A veces, sus manos y su aliento desprendían un aroma agrio y como de humo. Pero incluso cuando ese olor no estaba allí, olía a enojo y a frustración. Además, por debajo de todo eso, podía oler el miedo.

Normalmente, los perros que tienen miedo son los que te muerden sin ningún motivo, incluso cuando tú solo intentas jugar a algo divertido como «es mi pelota y no me la puedes quitar». Así que yo intentaba no acercarme a Shane.

Un día, justo cuando acabábamos de llegar al edificio de arte, Sheryl llamó a C. J. para que se pusiera delante de la clase. Por supuesto, yo fui con ella.

—Aquí arriba —dijo Sheryl, sonriendo.

C. J. me puso encima de la mesa de Sheryl. Allí había un cojín de color rojo, así como una manta suave de un color verde oscuro. C. J. me colocó encima de la manta.

—¡Perfecto! —dijo Sheryl, alargando una mano para acariciarme. Le lamí los dedos, que tenían sabor de tiza—. Fijaos en cómo brilla el pelaje negro al lado de estos colores. ¿Crees que se quedará aquí quieta?

—Creo que sí —respondió C. J.—. Si yo me siento cerca de ella.

—Bien. Entonces siéntate en este extremo de la mesa. ¿Estáis todos listos? ¡Estoy impaciente por ver los retratos que vais a hacer de Molly!

C. J. se sentó en una silla, cerca de mí.

—Quédate aquí, Molly —me dijo.

Al oír mi nombre, meneé la cola. Luego miré por el borde de la mesa. Parecía muy alta. Aunque me apetecía ir por todas las mesas para recibir las caricias de mis amigos, no tenía ganas de saltar.

Además, el cojín era muy blando, y la manta, muy suave. C. J. estaba ahí al lado. Me enrosqué, satisfecha, y metí la cola bajo el hocico.

—Perfecto —dijo Sheryl en voz baja, a mis espaldas—. Vale. ¡Todos a pintar!

La clase se quedó en silencio. Solo se oía el sonido de los pinceles sobre el papel. Era un sonido relajante. Empecé a quedarme medio dormida y medio despierta. Si C. J. decía alguna cosa, me levantaría, pero por el momento parecía mejor echar una cabezadita.

—¿Has traído a un perro a clase? —oí que preguntaba un hombre.

Moví una oreja, pero no me molesté en levantarme. La voz procedía de lejos, de la puerta que daba al pasillo.

Sheryl, que se encontraba en el mismo sitio que la voz, respondió.

—Es Molly. Viene cada semana.

—¿Crees que es adecuado?

—No hay nadie que tenga alergia. Lo he comprobado. Y todos la quieren mucho. —Sheryl se rio un poco—. La verdad es que nadie ha faltado ni un día este semestre. Y creo que es por Molly.

El hombre se rio.

—Quizá deberíamos tener perros en las clases normales —dijo—. ¿Va todo bien? ¿Sin problemas?

—Ninguno hasta el momento.

—¿Y qué hay de…? —El hombre se interrumpió.

Sheryl también bajó la voz, pero pude oírla con facilidad.

—¿Shane? No lo sé. Viene a todas las clases y hace su trabajo… Bueno, lo hace al final. Pero está más que claro que está aquí por obligación y nada más.

—Pero eso es así para muchos de ellos, ¿no?

—Quizás al principio. Pero, al final, a la mayoría les acaba gustando. Pero Shane… No consigo llegarle. No de la forma que me gustaría.

—Pero ¿no está provocando ningún problema?

—Nada que no pueda manejar —respondió Sheryl.

Oí los pasos del hombre que se alejaba por el pasillo. Sheryl pasó por entre las mesas. Abrí un ojo para ver qué hacía C. J. Estaba concentrada en el papel y fruncía el ceño. Luego cerré los ojos y me puse a dormir de verdad, feliz de estar con mi chica.

8

Era una pena que no pudiera estar con mi chica todo el día y todos los días. Cada vez que se iba a clase, me quedaba en casa con Gloria.

Intenté enseñarle que, a pesar de que C. J. era mi chica, estaba totalmente dispuesta a ser su amiga también. Pero estaba muy claro que Gloria no quería nada de eso. Si yo me acercaba para que me rascara detrás de las orejas o para que me acariciara la espalda, ella me apartaba. Si me quedaba cerca de la puerta trasera para salir, ella suspiraba con impaciencia antes de abrir la puerta. Muchas veces se olvidaba de dejarme entrar otra vez y yo tenía que ladrar muy fuerte para recordárselo.

De alguna manera, tenía la sensación de que, cuando me encontraba cerca de Gloria, nunca era una perra buena.

Por eso me sorprendió mucho que un día, mientras C. J. estaba en la escuela, me hablara al verme entrar en la cocina.

—Aquí estás —dijo.

El tono de su voz no era muy amistoso. Mantuve

el trasero bajo para hacerle saber que comprendía que ella mandaba; meneé un poco la cola con la esperanza de que estuviera más contenta al ver que no era ninguna amenaza. Gloria estaba de pie al lado del refrigerador, con la puerta abierta. Sostenía una cosa con la mano.

Me acerqué un poco para ver si se trataba de comida.

—Puaj —dijo Gloria. Decía eso muy a menudo, cuando me acercaba a ella, pero nunca comprendí qué quería decir—. Mira este queso. Te juro que lo acabo de comprar.

Desvió los ojos de esa cosa que sostenía con la mano y me miró; luego cerró la puerta del refrigerador. Era una pena. Allí dentro había cosas que me hubiera gustado oler un rato más.

—¿Quieres un premio? —me preguntó.

Levanté el trasero y la cabeza. ¿Un premio? ¡Conocía esa palabra!

—Supongo que a los perros no les molesta un poco de moho —dijo Gloria.

Quitó un plástico que envolvía esa cosa que tenía en la mano y, de inmediato, me llegó un olor profundo. ¡Queso! Se me empezó a hacer la boca agua.

Gloria rompió un trozo del queso, le clavó un tenedor y me lo acercó.

Lo olisqueé, esperanzada. Ella sujetaba el queso, muy quieta. Le di un pequeño mordisco, insegura, esperando a que Gloria se enojara y me dijera que era una perra mala.

—Adelante, cógelo —dijo Gloria con impaciencia.

Arranqué el queso del tenedor, lo dejé caer al suelo y me lo comí en dos bocados. ¡Estaba claro que, después de todo, Gloria había decidido que era una buena perra!

—Toma —dijo Gloria, que dejó caer el resto del queso dentro de mi cuenco.

¡Qué maravilla! ¡C. J. nunca me daba premios tan grandes!

—Haz algo útil —dijo Gloria—. Es ridículo que nos gastemos tanto dinero en esa comida de perro tan cara cuando puedes comerte toda la comida estropeada.

Cogí el pesado trozo de queso y volví a dejarlo caer en el cuenco. La verdad era que yo no sabía cómo tenía que comerme una cosa tan grande. Pero cuando Gloria salió de la cocina, me dediqué en serio a ello y me lo fui comiendo mordisco a mordisco.

Cuando me lo hube terminado todo, me di cuenta de que babeaba un poco y de que tenía mucha sed, así que me bebí casi toda mi agua.

Gloria entró en la cocina al cabo de unos minutos.

—¿Has terminado? —preguntó—. ¡Vale, fuera!

Abrió la puerta que daba al patio y se quedó de pie al lado. Me di cuenta de lo que quería y me apresuré a salir. Cuando estuve fuera, me sentí mejor. La voz y la postura de Gloria decían que yo era una perra mala, pero el queso decía que yo era una perra buena. Resultaba muy desconcertante. Así pues, me alegré de poder tumbarme en el césped y no pensar en eso durante un rato.

Notaba la tierra fría en la barriga, así como el calor del sol en la espalda. Deseé tener un poco más de agua, pero levantarme y ponerme a ladrar para que Gloria me abriera la puerta era demasiado trabajo: decidí quedarme allí tumbada.

Y me dormí.

Cuando desperté, supe que algo iba mal.

Tenía más sed de la que había tenido nunca, lo cual era absurdo, porque tenía la boca llena de saliva. Tanta que estaba babeando. La saliva caía sobre la hierba. Sacudí la cabeza y me sentí mareada. Luego me levanté, pero las patas me temblaban tanto que me resultaba difícil caminar. Lo único que pude hacer fue abrir mucho las patas para apoyarme bien y no caerme. Por lo demás, solo me quedaba esperar a que viniera mi chica.

No sé cuánto tiempo tardó, pero al final llegó. Oí sus pasos en el interior de la casa. Entonces se abrió la puerta.

—¡Molly! ¡Ven! ¡Entra! —me llamó C. J.

Yo quería estar con mi chica. Sabía que debía estar con ella. Di un paso con dificultad y con la cabeza gacha.

—¿Molly? —C. J. salió fuera—. ¿Molly? ¿Estás bien? ¿Molly?

La última vez que pronunció mi nombre lo hizo chillando.

Quería ir con ella. Sabía que estaba preocupada y que tenía miedo. Mi trabajo consistía en estar cerca de ella, pero no pude moverme.

C. J. vino corriendo y me tomó en brazos. Oí que

me hablaba, pero su voz me llegaba como si yo tuviera la cabeza enterrada bajo el cobertor de la cama. Todo a mi alrededor estaba en silencio o sonaba muy lejos.

—¡Mamá! ¡A Molly le pasa algo! —gritó C. J.

—Seguro que no será nada —respondió Gloria desde algún lugar del interior de la casa.

—¡No! ¡Mamá! ¡Ven ahora! ¡Tenemos que llevarla al veterinario!

Sentí que el estómago se me revolvía. C. J. me dejó en el suelo y vomité sobre la hierba.

—¿Qué has comido? ¿Qué has comido? ¡Oh, Molly! —gritó C. J.—. Mamá, ven. Tienes que llevarnos. ¡Date prisa!

—Deja de gritar. ¡Te van a oír los vecinos! —Gloria apareció en la puerta mientras C. J. me tomaba en brazos—. Muy bien. Pero si vomita en mi coche…

—¡Venga! —gritó C. J. corriendo conmigo en brazos hasta el camino de entrada.

Mi chica se sentó en el asiento trasero, conmigo en el regazo.

—Vamos a ver al veterinario —me dijo mientras el coche se ponía en marcha—. ¿Vale? ¿Molly? ¿Estás bien? ¡Molly, por favor!

Sabía que mi chica me necesitaba para algo. Conseguí lamerle la mano mientras ella me acariciaba el rostro. Pero en el coche todo estaba cada vez más oscuro. Me di cuenta de que la lengua me colgaba fuera de la boca.

—¡Molly! —gritó—. ¡Molly!

ϒ

Abrí los ojos despacio y parpadeando repetidamente. Lo único que podía ver era una luz borrosa. Me sentía somnolienta. La cabeza me pesaba demasiado como para tenerla erguida. ¿Había vuelto a ser un cachorro otra vez?

Gemí un poco, con la esperanza de encontrar a mi madre. Pero no detectaba su olor. En realidad, no percibía ningún olor. Gemí de nuevo y empecé a quedarme dormida.

—¿Molly?

Me desperté de golpe. ¡Era la voz de C. J.! ¡Mi chica estaba cerca de mí!

Parpadeé unas cuantas veces y la vista se me aclaró. Vi que C. J. estaba a mi lado. Mi chica acercó su rostro al mío.

—Oh, Molly, estaba muy preocupada por ti.

Me acariciaba y me daba besos en la cara. Meneé la cola. Al hacerlo, golpeé algo metálico. Una mesa. Estaba en la consulta del veterinario. Todavía me sentía demasiado débil como para levantar la cabeza, pero conseguí lamerle la mano a C. J. Por suerte, aún estaba viva y podía cuidar de mi chica.

Ya antes había estado en la consulta de la veterinaria. Sabía que se llamaba doctora Marty. No me gustaba su olor, pero sus manos eran muy suaves. Ahora se encontraba de pie, detrás de C. J. Estaba hablando con ella.

—Su último ataque ha sido muy breve, y hace más de tres horas. Creo que estamos fuera de peligro.

—Pero ¿qué ha sido lo que la ha puesto tan enferma? —preguntó C. J. con voz llorosa.

—No lo sé —repuso la doctora Marty—. Es evidente que ha hecho algo que no debería haber hecho.

—Oh, Molly —dijo C. J.—. No te comas cosas que están mal, ¿vale?

Le lamí la cara y ella volvió a darme un beso.

Al cabo de un rato, ya empecé a sentirme mejor y pude levantar la cabeza. Luego, me puse en pie. Bebí con avidez un poco de agua y C. J. me llevó a casa.

Gloria iba sentada en el asiento delantero, conduciendo. Me di cuenta de que estaba enfadada: la tensión de sus músculos y cómo erguía la cabeza lo dejaban bien claro. Me acurruqué en el regazo de C. J., en el asiento trasero. Era difícil saber por qué me había portado mal. Me sentía demasiado débil. Pero por cómo se comportaba Gloria estaba claro que algo había hecho mal.

C. J. me llevó al interior de casa y me dejó encima de los blandos cojines del sofá.

—¡En el sofá no! —exclamó Gloria.

C. J. la miró con expresión de enojo, pero me dejó con cuidado en el suelo y se sentó a mi lado.

Gloria estaba de pie y nos miraba a las dos.

—Seiscientos dólares —dijo.

—¡Molly ha estado a punto de morir! —replicó C. J. El tono de su voz expresaba tanto enfado como el de Gloria.

Gloria hizo un gesto de exasperación con las manos y se alejó por el pasillo en dirección a su dormitorio. Oí un portazo.

C. J. me cogió y me llevó a su cama. Me abrazó hasta que volví a quedarme dormida.

Tardé unos cuantos días en volver a recuperarme del todo. El día que por primera vez me sentí completamente bien fue uno de esos días en que C. J. no tenía que ir a la escuela. Gloria había salido, así que pudimos sentarnos las dos en el sofá. Ella miraba la pantalla de la pared (que yo ya había aprendido que se llamaba «televisor») y yo me estaba preguntando por qué a las personas les gustaba tanto esa cosa. ¡Si ni siquiera tenía un olor interesante!

De repente, sonó el timbre de la casa. Corrí al lado de C. J. hasta la puerta. Uno de mis trabajos consistía en inspeccionar a las personas que llegaban a la puerta. C. J. abrió y exclamó con sorpresa:

—Oh, Shane.

—Eh —dijo Shane.

—Eh —dijo C. J.—. ¿Qué sucede?

—Nada —repuso Shane—. ¿Quieres que hagamos algo?

—Um. ¿Aquí?

—Sí. ¿Por qué no?

C. J. dudó un momento, pero luego abrió la puerta del todo. A mí no me gustaba el olor de Shane, así que ladré una vez para hacerle saber que esa era mi casa y que pensaba proteger todo lo que había allí dentro. Luego meneé la cola.

—Vale, claro —dijo C. J.—. Estábamos viendo la tele, Molly y yo. ¿Quieres entrar?

Shane entró. Él y C. J. se sentaron en el sofá para continuar mirando el televisor. Olisqueé concienzudamente los zapatos y el pantalón del chico, pero él puso una mano sobre mi cabeza y me apartó.

—Solo quiere conocerte —dijo C. J.

—Bueno, da igual —farfulló Shane.

Mi chica me cogió y me dejó en el sofá, entre ellos dos.

—¿Te parece bien que miremos esto?

—Supongo que sí —repuso Shane—. ¿Tienes algo para comer?

—Claro. —C. J. se levantó y yo salté al suelo—. No, tú quédate aquí —le dijo a Shane—. Yo lo traigo.

Seguí a C. J. hasta la cocina. Ella estaba más contenta que cuando estaba en el salón, así que meneé la cola unas cuantas veces. Oímos que el volumen del televisor subía en el salón.

C. J. sacó una bolsa de un armario y llenó unos vasos con un líquido lleno de burbujas. Luego llevó todo eso al salón y le dio la bolsa a Shane. Me senté al lado del chico.

Sabía exactamente qué era lo que había en el interior de esas bolsas. Observé con atención el rostro de Shane. Sabía que, tarde o temprano, una patata caería al suelo. Siempre se caía alguna.

—Bueno —dijo Shane, masticando—. La clase de arte es un rollo, ¿verdad?

—A mí me gusta bastante —replicó C. J. mientras jugueteaba con un cordón de zapato entre los dedos.

Shane se metió otra patata frita en la boca. ¿Es que no se daba cuenta de que ahí estaba yo, sentada justo allí, delante de él? ¿No sabía lo que era compartir? Las patatas de la bolsa eran para él. Las que se caían al suelo, para mí. Así era como C. J. y yo lo hacíamos siempre.

—No hablas en serio —dijo Shane en tono de burla.

En ese momento oímos el timbre de la casa otra vez. Fue difícil abandonar las patatas fritas para ir con C. J., pero era mi trabajo, así que lo hice.

Antes de que se abriera la puerta, ya sabía que era Trent. Empecé a menear la cola con fuerza.

—Eh, ¿cómo está Molly? —preguntó Trent en cuanto C. J. hubo abierto la puerta—. ¡Molly, chica! ¡Estás aquí!

Trent se agachó, me tomó la cara con las manos y me acarició las orejas. Me retorcí de placer. C. J. sonreía.

—Está mejor. ¿Ves?

—Eh, C. J., ¿vas a volver? —gritó Shane desde el salón.

Trent se incorporó. La sonrisa le desapareció del rostro.

—¿Quién es?

—Un chico de clase de arte —dijo C. J.—. Ven, entra, Trent, estamos viendo la tele.

—Uf, no, mi madre ha dicho que tengo que cortar el césped —repuso Trent.

Trent cambió el peso del cuerpo de una pierna a otra. Por mi parte, me apoyé contra sus rodillas para recordarle que a mis orejas les vendría bien un poco más de atención

—¿Y no puedes hacerlo después? —preguntó C. J.

—No. Dice que ahora. Solo he venido a ver cómo estaba Molly —respondió Trent.

—¿Vendrás luego? —preguntó C. J.

Él se encogió de hombros.

—Me alegro de que Molly esté bien —dijo, y se alejó deprisa por el camino de la entrada.

C. J. regresó al salón a paso lento. No se volvió a sentar en el sofá, sino que se sentó en una silla del otro extremo de la habitación. Ella y Shane estuvieron viendo la tele un rato, hasta que la bolsa de patatas se vació. Luego, Shane se fue.

Ni siquiera me había dado una patata.

9

$\mathcal{A}$l día siguiente, después de la escuela, fuimos al edificio de arte. Esta vez no me senté encima de la mesa. Pero ya me pareció bien, porque estuve paseando por la habitación y recibí todas las caricias del mundo. Luego me instalé al lado del caballete de C. J.

C. J. fruncía el ceño mientras llenaba de pintura un rectángulo del lienzo con una actitud de fiera concentración. Pero también estaba contenta, de eso me daba cuenta. Me coloqué suficientemente cerca para poder tocarla con el hocico si quería. Estuve dormitando un rato.

Al despertar, vi que los estudiantes se estaban salpicando con agua en el fregadero y abrían y cerraban puertas. Pero C. J. continuaba delante de su caballete, incluso cuando todos los demás ya habían salido por la puerta.

Shane también había salido con las manos metidas en los bolsillos y la cabeza gacha. No hablaba con nadie.

Sheryl se acercó para hablar con C. J.

—¿Cuánto tiempo más crees que necesitas? —le preguntó.

—¿Quizás una hora más? —dijo C. J.—. Gracias por dejar que me quede.

—No pienso ser yo quien interrumpa la inspiración de nadie —respondió Sheryl—. Pero tengo que ir a la oficina y hacer un poco de papeleo. ¿Está bien si te quedas sola? Volveré para cerrar la clase.

—Muy bien —dijo C. J.—. Además, no estoy sola. Molly está conmigo.

Sheryl sonrió.

—Nos vemos dentro de un rato, pues. Solo cerraré la puerta de la entrada antes de irme.

C. J. y yo nos quedamos solas.

Di una rápida vuelta por la habitación, por si alguno de los estudiantes había dejado caer algo interesante para comer. Luego volví al lado de C. J.

—Eres una buena chica, Molly —susurró—. No tardaré mucho, ¿vale?

Entonces alguien llamó a la puerta que daba fuera. C. J. dio un respingo y uno de los pinceles cayó al suelo. Lo olisqueé, pero no era comestible.

—¡No, Molly, no puedes lamer esto! —dijo C. J., recogiéndolo rápidamente del suelo.

Luego corrió hasta la puerta y yo la seguí. C. J. miró por el cristal de la puerta y preguntó:

—¿Shane?

Volví a oír que llamaban a la puerta.

—¡Vamos, C. J., abre! —dijo él.

C. J. movió un pequeño cerrojo de la puerta y luego abrió la puerta un poco.

—¿Qué sucede? —preguntó.

—Sheryl me quitó el móvil —dijo Shane desde el otro lado de la puerta—. Eh, déjame entrar, C. J. No seas así. Dijo que me lo daría al final de la clase, pero supongo que se olvidó. Y lo necesito. Tengo que llamar para que me vengan a buscar, o me quedaré aquí toda la noche. Vamos.

C. J. abrió la puerta un poco más y dio un paso atrás.

—Bueno. Entra.

Shane entró.

Por mi parte, permanecí al lado de C. J. Noté que su tono de voz era tenso. Había cruzado los brazos sobre el pecho. Estaba nerviosa. Esa no era mi casa, así que no necesitaba protegerla ante Shane, pero sí debía proteger a mi chica.

Shane cruzó deprisa la sala hasta un gran escritorio en el que Sheryl se sentaba muchas veces, o desde el cual hablaba con los niños. Abrió uno de los cajones, luego abrió otro y se guardó algo en el bolsillo.

—¡Lo tengo! —dijo.

—Bueno, vale —dijo C. J.—. ¿Le digo a Sheryl que ya has recuperado el móvil o…?

—Vaya, ¿por qué vas a decirle nada? —Shane meneó la cabeza y se rio—. Creí que eras guay. No digas nada, ¿vale? No le caigo bien. Seguramente te meterías en un lío por haberme dejado entrar. Eh, iré a verte otro día para ver la tele o lo que sea. ¡Nos vemos!

Salió por la puerta rápidamente. C. J. se lo quedó mirando un momento antes de cerrar la puerta y volver a pasar el cerrojo.

C. J. regresó al caballete, pero ya no estaba tan contenta como antes. Solo estuvo pintando unos cuantos minutos más; luego llevó los pinceles al fregadero y les pasó agua. Cuando Sheryl regresó, C. J. ya estaba lista para marcharse.

Al día siguiente, después de desayunar, C. J. salió al patio conmigo. Estuvimos jugando con la pelota: ella la tiraba y yo iba a buscarla. Al cabo de un rato, Gloria la llamó desde la puerta trasera.

—¡C. J., hay una profesora que ha venido a verte!

Cogí la pelota con los dientes y seguí a C. J. hasta el interior de la casa.

Sheryl estaba de pie en el vestíbulo. Yo salté hacia ella, que me rascó detrás de las orejas. Pero lo hizo muy poco rato: menuda decepción, había creído que Sheryl comprendía la importancia de rascar detrás de las orejas.

Sheryl tenía el ceño fruncido, pero no estaba enojada. Más bien, parecía preocupación. Tal vez si me rascaba detrás de las orejas se sintiera mejor.

—C. J., tengo que hablar contigo de una cosa —dijo.

—Ajá. —C. J. también parecía preocupada—. Vale. Entre.

—Creo que tu madre también debería estar presente —dijo Sheryl mientras entraba en el salón.

—¿Por qué? —Gloria había salido de la cocina y estaba de pie, muy tiesa, delante de la puerta—. ¿Hay algún problema? Mi hija ha ido a clase de arte todas las semanas. No ha faltado ni un día. Si en la escuela dicen que no ha...

—No, no es nada de eso.

Sheryl se sentó, igual que C. J. Le llevé la pelota a mi chica y le di un golpe en la mano, pero ella no quiso lanzarla, así que me tumbé a sus pies con un suspiro. Son las personas y no los perros quienes normalmente deciden cuándo un juego ha terminado. ¡Ojalá fuera al revés!

—¿Dejaste entrar a alguien anoche en la clase de arte, C. J.? —preguntó Sheryl.

C. J. se quedó inmóvil. Me incorporé de inmediato: ¡mi chica tenía miedo! Me apreté contra ella. Ella miró a Gloria y a Sheryl. Abrió la boca, pero la volvió a cerrar.

—Necesito que digas la verdad, C. J. —dijo Sheryl—. Por favor, no intentes proteger a nadie. Esto es serio.

—¿Proteger? —Gloria se había erguido en la silla—. ¿A quién podría estar protegiendo? ¿Qué sentido tienen todas estas preguntas?

—¿Podría dejar que C. J. responda, por favor, señora?

—«Señorita» Mahoney —dijo Gloria.

Apoyé la cabeza en el regazo de C. J. y gemí un poco.

C. J. puso las dos manos sobre mi cabeza y me acarició las orejas. Luego se inclinó hacia delante y me acercó el rostro.

—Eres una buena chica, Molly. No pasa nada —dijo.

Luego levantó la cabeza y miró a Sheryl.

—Dejé entrar a Shane. Dijo que su teléfono estaba

en su escritorio y que necesitaba llamar para que fueran a buscarlo.

Me di cuenta de que Sheryl se había relajado: había bajado un poco los hombros y sus manos reposaban sobre su regazo.

—¿Qué hizo Shane después de que le dejaras entrar? —preguntó en voz baja.

—Solo cogió su teléfono y se fue —respondió C. J. Sheryl suspiró.

—No, me temo que no lo hizo, C. J. Lo que cogió del escritorio fue mi teléfono. También un poco de dinero que había dejado allí.

Noté que a C. J. volvía a entrarle miedo. Abrió mucho los ojos.

—¿Ah, sí? ¡No lo sabía! ¡No sabía que iba a hacer eso! Solo me dijo que necesitaba su teléfono. ¡Sheryl, de verdad que no lo sabía!

—¿Se acusa a mi hija de algo? —preguntó Gloria.

—Señorita Mahoney, no estoy acusando a C. J. de nada. Pero me temo que esto no será bueno para ella. Voy a tener que hablar con el director sobre Shane, pero él tendrá que informar a la policía del robo. Espero poder recuperar mi teléfono y mi dinero. Eso sería de ayuda. Y le diré al director que has dicho la verdad, C. J.

—No soy una ladrona —susurró ella.

Se le habían llenado los ojos de lágrimas. Me apresuré a lamerle las manos. Me hubiera gustado subirme a su regazo: estaba segura de que eso la haría sentir mejor. Sin embargo, Gloria siempre me decía «¡perra mala!» cuando intentaba subirme al sofá. No quise ser una mala perra en ese momento.

—Te creo, C. J., te creo —dijo Sheryl en tono amable—. Intenta no preocuparte. Me temo que es muy probable que expulsen a Shane. Este no es el primer problema que ha tenido en la escuela. Pero espero que eso no le pase a C. J.

—¿Expulsada? —exclamó C. J.

—¡Mi hija no será expulsada de ningún sitio! —dijo Gloria—. Yo misma hablaré con el director. Clarity June, ¿cómo puedes haberte portado de esta manera? ¿Te das cuenta de lo que pensará la gente?

—¡Yo no sabía que él se llevaría nada! —dijo C. J. frotándose los ojos.

Le lamí las lágrimas de las manos.

Gloria elevó la voz.

—Primero te saltas las clases. ¡Y ahora esto! De verdad, Clarity. Pones las cosas imposibles. Quizás a ti no te importe, pero ¿te das cuenta de lo vergonzoso que es esto para mí?

Sheryl miró a Gloria con una ligera expresión de desconcierto. C. J. se inclinó y me abrazó con fuerza. La verdad es que lo hizo con un poco más de fuerza de la necesaria, pero me di cuenta de que me necesitaba, así que no intenté desembarazarme de ella.

—No hay motivo para dejarse llevar por el pánico —dijo Sheryl en tono tranquilo mientras se ponía en pie—. Le comunicaré al director lo que C. J. me ha dicho. Además, le confirmaré que ha sido una buena estudiante en mi clase. Por no decir que es una artista de talento. —C. J. levantó la cabeza al oír esto último. Aquello la había sorprendido—. La escuela se pondrá en contacto. No te preocupes demasiado, C. J. Estoy segura de que todo se solucionará.

Sheryl se marchó. Normalmente, uno de mis trabajos consistía en acompañar a las personas hasta la puerta, pero esta vez me pareció más importante quedarme al lado de C. J.

—De verdad, Clarity June —dijo Gloria cuando Sheryl hubo cerrado la puerta al salir—. No me puedo creer que te hayas relacionado con un chico como ese. Ahora todo el mundo en la escuela pensará que soy una madre horrible.

C. J. no fue a clase durante unos días, lo cual estuvo bien. Pero jugar con ella no fue tan divertido como solía serlo. Algunas veces me lanzaba la pelota y yo se la volvía a llevar, pero ella se olvidaba de lanzármela de nuevo. O dejaba de acariciarme la barriga de repente y, entonces, me abrazaba. Los abrazos no me molestaban, pero hubiera preferido que estuviera más rato acariciándome la barriga.

Un día me llevó a casa de Trent para jugar con Rocky.

—Bueno, ¿qué está pasando? —preguntó Trent mientras Rocky y yo rodábamos por el suelo del patio, en una de nuestras luchas.

—Han expulsado a Shane. Es eso —dijo C. J. con pesadumbre.

—Bien —repuso Trent.

—¡Trent!

—Lo digo en serio, C. J. Ese tío me pone los pelos de punta.

—Sí, vale, a mí también —dijo ella con un suspiro—. Y a mí no me han expulsado, así que eso está bien. Pero el director no estaba nada contento con el asunto. Dijo que no había tenido sentido común y que he de hacer algo para compensar. Así pues, Sheryl dijo que qué tal si me apuntaba a algún proyecto de colaboración comunitaria. Y Gloria estuvo de acuerdo, siempre y cuando no quede nada sobre un robo en el historial. Así que ahora tengo que hacer veinte horas. No podré regresar a clase de arte hasta que haya terminado.

Trent meneó la cabeza.

—Qué lata. La verdad es que tú no has hecho nada malo.

—Bueno, la verdad es que no está tan mal. Sheryl me mostró una lista con todas las opciones. Podía elegir entre recoger basura en la carretera, o recoger basura en el parque, o recoger basura en la biblioteca, o podía ayudar a entrenar perros. ¡Trabajar con perros!

Miré hacia arriba al oír la palabra «perros», pues normalmente esa palabra iba acompañada de «bueno» o «premio». Rocky aprovechó ese momento de distracción y saltó sobre mi cabeza.

—Bueno, ¿y dónde vas a ir a recoger basura? —preguntó Trent, sonriendo.

C. J. le dio un puñetazo en el hombro con gesto juguetón.

—Bobo.

No parecía que me fueran a dar ningún premio ni a dedicarme elogio alguno, así que salí de debajo de Rocky y me puse a ladrarle con tanta fuerza que él salió corriendo. Eso, por supuesto, significaba que debía perseguirle.

A la mañana siguiente, C. J. se levantó temprano. Parecía estar preparándose para ir a la escuela, cosa que me puso triste. Sin embargo, cuando salió por la puerta, ¡me llamó para que fuera con ella!

Corrí a su lado. C. J. abrió la puerta del coche para que subiera. Me instalé en el asiento trasero a toda prisa, por si cambiaba de opinión. Ella se rio y subió al asiento delantero, al lado de Gloria.

Le metí la nariz en la oreja a C. J. desde detrás. Mi chica volvió a reírse.

—Estás de buen humor… para ser una delincuente —dijo Gloria mientras el coche empezaba a avanzar.

C. J. estuvo en silencio un minuto mirando por la ventanilla. Luego dijo, en voz baja:

—Molly me pone de buen humor.

Gloria soltó un bufido de burla.

Después de eso, no hablaron mucho.

10

Pronto llegamos a un edificio grande. C. J. bajó del coche. También me dejó bajar a mí. En cuanto puse las patas en el suelo del aparcamiento, noté olor a perros. También los oí. En el interior del edificio había varios perros grandes que ladraban.

Una mujer salió a recibirnos. Era mayor que C. J., pero más joven que Gloria. Llevaba el pelo largo y negro sujeto con una cinta de colores vivos. Tenía un olor absolutamente maravilloso, de premios para perro y de un montón de perros diferentes.

—Hola, soy Andi —dijo, y luego se arrodilló en el suelo y alargó las manos hacia mí—. ¿Cómo se llama?

—Se llama Molly —respondió mi chica desplazando el peso del cuerpo de una pierna a otra con actitud nerviosa—. Yo soy C. J.

—¡Molly! Yo también tuve una Molly hace tiempo. Era una perra buena.

Meneé la cola con entusiasmo. Me encantaba ser una perra buena. Lamí a Andi, y ella me besó. A la mayoría de las personas no les gusta besar los labios de los perros, pero a C. J. no le molestaba hacerlo, ni a Andi tampoco.

—Molly, Molly, Molly —canturreó—. Eres preciosa, sí, sí que lo eres. Qué perra tan fantástica.

Andi me cayó muy bien.

—Qué es, ¿una mezcla de spaniel y caniche? —preguntó Andi sin dejar de acariciarme.

—Quizá —respondió C. J. Su nerviosismo empezaba a desaparecer—. Su madre es caniche, pero nadie sabe quién es el padre. ¿Eres una spaniel-caniche, Molly?

Al oír mi nombre, meneé la cola con más fuerza. Andi se puso en pie, pero dejó la mano cerca de mí, así que se la lamí.

—Es una bendición que estés aquí. Voy a necesitar tu ayuda —dijo Andi—. Vamos dentro.

Entramos en el edificio. Había un pasillo ancho con jaulas a cada lado, y muchos perros dentro de las jaulas. Todos me ladraban, y se ladraban entre ellos, pero yo no les hice caso. Era evidente que yo era más especial que ellos, porque yo estaba fuera de las jaulas e iba al lado de mi chica.

—No sé nada de entrenamiento de perros, pero puedo aprender lo que haga falta —dijo C. J.

Andi se rio.

—Bueno, vale, pero lo que en realidad vas a hacer es quitarme trabajo de encima para que yo pueda dedicarme a entrenarlos. Hay que dar agua y comida a los perros, y hay que limpiar las jaulas. Y hay que sacarlos. ¿Podrás hacer todo eso?

C. J. asintió con la cabeza.

—Pero ¿para qué les estrena? —preguntó—. Quiero decir, sé que serán perros dedicados a servicio comunitario. ¿Serán como perros guía o algo?

—No exactamente —dijo Andi—. Estoy investigando cómo detectar el cáncer. Los perros tienen un sentido del olfato que es cien mil veces mejor que el nuestro. Algunas investigaciones han demostrado que pueden detectar el cáncer en el aliento de una persona antes de que los médicos sean capaces de diagnosticarlo. Esto podría ser muy importante. La detección precoz es la mejor manera de curar.

—¿Está entrenando a los perros para que huelan el cáncer? —El tono de C. J. era de sorpresa.

—Exactamente. No soy la única que lo hace, por supuesto, pero casi todos los demás experimentos se han realizado en el laboratorio. Hacen que los perros olisqueen un tubo de ensayo. Y yo pienso: ¿qué tal si pudiéramos trabajar con personas normales? Como en una feria de salud…, o como en un centro comunitario. Así que estoy trabajando en esto. Y tú…

C. J. miró las jaulas, llenas de perros que ladraban.

—¿Limpiaré caca de perro?

—Lo has pillado —dijo Andi, sonriendo.

Fue una mañana rara.

Primero, C. J. me llevó a una gran habitación y me dejó allí, encerrada en un cercado. Luego trajo a una perra para que jugara con ella. Tenía las patas cortas y unas orejas muy largas y flácidas. Luchar y jugar a perseguirnos con ella no era ni la mitad de divertido que con Rocky, pero no le molestaba que le mordisqueara de vez en cuando una oreja para descubrir qué sabor tenía.

C. J. se fue y nos dejó a las dos en el cercado durante un rato. Luego regresó, me enganchó una correa al collar, hizo lo mismo con la otra perra y nos fuimos a pasear. Mi nueva amiga se sentó mientras yo perseguía a una ardilla. Apoyé las patas en el tronco del árbol donde había trepado y ladré hasta hacer que saltara a otro árbol.

Las ardillas siempre hacen lo mismo. No es justo.

Me gustó jugar con una perra nueva, y me gustó ir a pasear con C. J. Pero, luego, me llevó otra vez al cercado de la habitación y trajo otro perro para que jugáramos. Y luego hicimos lo mismo otra vez, y otra, y otra.

Cada vez que venía, C. J. llevaba el pantalón más y más mojado. Y desprendía un olor fascinante. Tenía la ropa impregnada del orín de diferentes perros, y yo no podía dejar de olisquearla. ¡Fue tan divertido!

Después de estar jugando así durante un rato, C. J. me enganchó la correa al collar y me sacó del cercado. Andi había entrado en la habitación mientras C. J. me estaba preparando para marcharnos. Venía jugando con un macho grande de color marrón. En cuanto la vi, fui corriendo a saludarla. C. J. nos miró mientras se frotaba la espalda y soltaba un suspiro.

Me acerqué al perro marrón y le olí debajo de la cola. Él me olió debajo de la mía.

—Se llama Luke —dijo Andi—. Luke, ¿te gusta Molly?

Luke era un perro serio. Eso era evidente. Estaba

concentrado en el juego con Andi. No pareció interesado en mí en absoluto.

En el suelo había varios cubos de metal. C. J. y yo nos quedamos mirando mientras Andi llevaba a Luke de un cubo a otro.

—¿Lo hueles? —dijo, después de que Luke hubiera olisqueado uno de los cubos—. ¡Ahora, túmbate!

Luke se tumbó. Andi le dio un premio.

Yo levanté la cabeza y solté un gemido, solo por si acaso Andi tuviera otro premio en el bolsillo.

—Han sido dos horas, ¿verdad, C. J.? —preguntó Andi.

—Sí —respondió ella—. Dos horas muy emocionantes.

Andi se rio.

—Firmaré el formulario al final de la semana, ¿vale? Gracias. Has hecho un buen trabajo.

Después de ese día, íbamos muchas veces a ver a Andi para jugar con otros perros. Íbamos, incluso, más a menudo que a casa de Trent. A mí me gustaba. Cuando salíamos a pasear con C. J. y otros perros, yo les enseñaba lo que había que hacer si nos encontrábamos con una ardilla o con un conejo. Y cada vez que C. J. me dejaba en el cercado, traía a un perro para que jugáramos. Con algunos de ellos era fantástico jugar, casi tanto como con Rocky. Pero había otros perros que eran serios, como Luke, y que no estaban tan interesados en luchar ni en jugar a perseguirnos.

Un día, C. J. me trajo un amigo nuevo que no sabía jugar.

Intenté enseñarle. Cogí una pelota de goma con los dientes y bajé la cabeza y las patas delanteras mientras dejaba las patas traseras estiradas. Luego me alejé dando saltos para que se diera cuenta de que yo quería que me persiguiera.

Pero no pareció comprenderlo, porque bajó la cabeza y gruñó.

Me di cuenta de que estaba triste y asustado; sabía que se sentiría mejor si corríamos y jugábamos juntos a «es mi pelota y no me la puedes quitar». Así que volví a bajar la cabeza. Entonces me ladró y se lanzó contra mí enseñándome los dientes.

¡Me sorprendió tanto que dejé caer la pelota! En ese momento, él la cogió, lo cual fue totalmente injusto. Entonces C. J. regresó, enganchó una correa a su collar y se lo llevó a otra jaula.

Así que no tenía gran cosa que hacer mientras ella estaba fuera, excepto mirar cómo Andi jugaba con Luke.

Esa vez era un juego diferente al juego del cubo. Había varias personas sentadas en unas sillas metálicas distribuidas en diferentes partes de la habitación. Andi iba llevando a Luke hasta ellas, de una en una. Luke las olisqueaba.

No me parecía un juego muy interesante. ¡Las personas no respondían al juego, sino que se quedaban quietas! A veces, los humanos son así. Se sientan y no hacen nada, incluso cuando tienen a un perro justo allí para jugar.

Andi condujo a Luke hasta un hombre que no tenía cabello. El perro, grande y marrón, se tumbó en el suelo y cruzó las patas. Luego apoyó la cabeza en ellas.

—¡Buen perro, Luke! —dijo Andi.

Noté la excitación en la voz de Andi. Ella le dio un premio a Luke, justo allí mismo.

Luego se lo llevó y las personas se levantaron y cambiaron de silla. Tardaron un rato en hacerlo. Cuando hubieron terminado, Andi hizo entrar a Luke otra vez.

Luke olisqueó a todas las personas otra vez. Cuando llegó al hombre que no tenía pelo, se tumbó. Andi estaba emocionada.

—¡Buen perro! —exclamó, y le dio otro premio.

Yo también quería un premio. Mientras los miraba, se me cayó un poco de saliva al suelo. No me parecía un juego muy difícil, así que me tumbé en el suelo, crucé las patas y apoyé la cabeza en ellas.

Andi ni siquiera se dio cuenta.

—Molly, cariño, ¿estás cansada? —dijo C. J. al pasar por delante de mi cercado. Iba con el perro que no sabía jugar.

Así es la vida. Algunos perros reciben premios por no hacer casi nada, y otros perros son buenos y no reciben ningún premio.

C. J. se llevó al antipático. Al cabo de poco, regresó a la sala y me llevó a dar un corto paseo. Me encantaba estar con C. J. a solas. Era divertido jugar con los otros perros, pero ella era mi chica: las veces que estábamos solo nosotras dos eran las mejores.

Cuando regresamos al edifico, las personas todavía estaban sentadas en las sillas y Andi jugaba con un perro nuevo de color amarillo. Yo me dirigí hacia el hombre que no tenía cabello.

Él se inclinó y me sonrió.

—Qué perro tan bonito —dijo, con amabilidad.

Su voz sonaba como si no tuviera mucha fuerza. Y su aliento tenía un olor extraño. Por algún motivo, no me gustó mucho. La mayoría de los olores eran increíbles. El orín de los otros perros, la basura del cubo de basura, algo muerto al lado de la carretera: todos ellos eran olores interesantes y yo siempre estaba ansiosa por poder saborear esas cosas que tenían aquellos increíbles olores.

Sin embargo, ese olor no me gustó. Me hacía pensar en una vez que saqué una cosa brillante y crujiente del cubo de basura de casa. Tenía un olor salado y delicioso, pero, cuando intenté comérmelo, el sabor fue horrible. Y ese sabor no se me fue de la boca hasta que me bebí medio cuenco de agua.

El aliento de ese hombre olía igual. Pero, a pesar de ello, si Luke había obtenido un premio, bueno, yo también quería ese premio. Así que me tumbé, crucé las patas y apoyé la cabeza en ellas.

—¡Mira eso! —dijo Andi. Se acercó a mí—. Eh, Molly, ¿has aprendido eso de Luke?

Meneé la cabeza, contenta, segura de que ahora sí que me daría un premio. Pero no lo hizo.

Andi me caía bien, de verdad. Tenía un olor maravilloso y me acariciaba cada vez que C. J. me llevaba allí para jugar. Pero también pensé que era muy injusto que le diera un premio a Luke, pero no a mí, a pesar de que hacíamos exactamente lo mismo.

No obstante, la siguiente vez que fuimos allí, decidí que Andi no era tan mala. Estuvo hablando un rato con C. J. y luego decidió que quería jugar conmigo.

Para ser sincera, no era mi juego favorito. Después de todo, hay cuerdas que tirar y pelotas que ir a buscar. ¿Por qué, pues, ir a olisquear a personas sentadas en sillas? Pero los humanos son así. Su idea de lo que es un juego no es tan divertida como la de los perros. No obstante, bueno, hay que aceptarlo…, si es que quieres recibir un premio.

Andi sujetaba mi correa. Nos acercamos a una mujer que estaba sentada en una de las sillas. Esa mujer llevaba unas botas que olían a gato.

—Hola. ¿Cómo te llamas? —dijo, acercándome la mano para que se la lamiera.

Y eso fue todo lo que hicimos en ese juego. Nos acercamos a todas las personas que estaban sentadas en las sillas. Todas ellas me acariciaron y me dirigieron unas palabras, pero ninguna me dio un premio, ni siquiera un hombre que tenía algo con queso en uno de los bolsillos.

Luego nos acercamos a una mujer cuyas manos olían a pescado. La mujer se inclinó para acariciarme; reconocí el mismo olor que había notado en el hombre sin cabello.

—Hola, Molly —dijo la mujer.

Le lamí las manos, y luego empezamos a dirigirnos hacia la siguiente persona. Noté una ligera tensión en Andi; fue entonces cuando lo comprendí.

No solo se suponía que debía tumbarme cuando

estaba al lado del hombre sin cabello. Se trataba de ese olor. Ese juego tenía algo que ver con ese olor. Volví al lado de la mujer y me tumbé, cruzando las patas.

—¡Eso es! —dijo Andi, dando una palmada con las manos—. Buena perra, Molly. ¡Buena perra!

¡Y, por fin, el premio!

11

Yo era una buena perra cuando jugaba con Andi y me tumbaba en el momento adecuado. Pero era una mala perra luego, en casa. ¡Y ni siquiera sabía qué era lo que había hecho mal!

—¡Al baño, Molly! —me llamó C. J.

Yo no sabía qué quería decir, pero al oír mi nombre meneé la cola y corrí hasta ella. C. J. me cogió del collar y me llevó hasta el baño. Luego me empujó dentro de una especie de caja larga y baja que tenía los costados muy suaves.

Conocía esa caja. C. J. y Gloria entraban dentro de ella muchas veces y dejaban que el agua les cayera encima. No sabía por qué les gustaba hacer eso, pero a veces los seres humanos son muy raros.

No percibí ningún olor interesante. Me retorcí entre las manos de C. J. para salir de allí y para que pudiéramos salir a jugar fuera. Quizá podíamos ir al parque o a visitar a Trent y a Rocky.

—¡No, Molly, quieta! —dijo C. J.

Sabía que quería que yo hiciera algo, así que le lamí la cara.

Ella se rio.

—Oh, Molly. Ahora estate quieta.

Allí dentro, C. J. había puesto una especie de cuenco metálico que tenía un mango largo. Lo lamí, pero el agua estaba caliente y no tenía mucho sabor. Además, no tenía sed.

C. J. cogió un poco de agua y la vertió sobre mi cabeza.

Solté un ladrido de sorpresa y agité la cabeza con fuerza.

—No, Molly. ¡Tienes que quedarte quieta! —dijo C. J., más seria.

Todavía no estaba segura de qué era lo que quería. Pero me sujetaba con fuerza, así que bajé la cabeza y no me moví. Mientras me vertía agua por encima con ese cuenco de perro, me sentí como una perra mala.

Y después (y eso todavía fue peor) C. J. me frotó todo el cuerpo con un jabón que tenía un olor terrible.

—Vas a estar guapísima para la exposición —exclamó mientras me frotaba—. Así es, buena chica, Molly, solo un poco más. Eres una buena perra.

¡Estaba claro que no lo era! Los perros buenos reciben premios y caricias y abrazos. ¡A un perro bueno no se le trata así! Todos los deliciosos olores que mi pelaje había ido recogiendo con el tiempo —de tierra y de comida y de polvo de la alfombra— desaparecieron por el desagüe con el agua caliente. Gemí e intenté escaparme de entre las manos de C. J., pero me resbalaban las patas en la pulida superficie de la caja. C. J. me sujetó con más firmeza.

—¡Solo tengo que enjuagarte, Molly! —dijo.

Y volvió a verter agua por encima de mí, desde el hocico hasta la cola.

Pero entonces, pareció que yo ya no era una mala perra porque C. J. me soltó y cogió una gran toalla. Me envolvió con ella y me abrazó.

—Oh, perrita Molly, perrita Molly, eres una perra mimosa, mimosa —me susurró.

Entonces sí estuve segura de que ya no era una perra mala y de que mi chica me quería.

Me frotó por todas partes con la toalla hasta que sentí la piel tan viva y hormigueante que, en cuanto me soltó, tuve que ponerme a correr. Corrí por toda la casa, sacudiéndome hasta la última gota de esa agua jabonosa y apestosa mientras saltaba sobre las sillas y el sofá. Luego me tumbé en la alfombra y me arrastré por ella, frotándome la barriga, el lomo y los hombros, hasta que empecé a volver a recuperar mi olor y toda la humedad hubo desaparecido de mi cuerpo.

—¿Qué está haciendo esta perra? —preguntó Gloria, de pie en la puerta que estaba entre la cocina y el salón.

—¡Solo está contenta! —dijo C. J. Sonreía y tenía mi cepillo en la mano—. Ven aquí, Molly. ¡Ven para que te cepille!

—¡Fuera! —dijo Gloria.

C. J. me llevó fuera y me estuvo cepillando hasta que me puse a retorcerme de placer. Luego regresamos dentro. Entonces fue C. J. quien se metió dentro de la caja con el agua.

Yo me tumbé sobre una toalla a esperarla mientras me preguntaba si C. J. habría sido una mala chica, igual que yo había sido una mala perra. Pero a ella no parecía disgustarle el agua. Cuando salió, se cepilló el pelo igual que había cepillado el mío; luego se acercó una cosa al cabello que emitía un sonido horrible y agudo. Yo ya había oído ese sonido antes (era como si a esa cosa le doliera algo), así que salí corriendo y me quedé escondida bajo las mantas de su cama hasta que hubo terminado.

Sin embargo, C. J. me encontró y me sacó de allí. Me puso una especie de cordel alrededor del cuello.

—Ya está, Molly —dijo.

Mordisqueé uno de los extremos de esa cuerda. No tenía un sabor muy interesante, pero era mejor que nada.

—No, Molly. —C. J. me quitó el cordel de la boca—. ¡No te comas la cinta!

—¡C. J.! ¡Ven y déjame ver qué te has puesto! —dijo Gloria desde su dormitorio.

C. J. fue al dormitorio de Gloria. Me tumbé en la cama y me puse a trabajar con los dientes intentando quitarme el cordel del cuello.

Mientras, iba oyendo frases y palabras de la conversación entre Gloria y C. J.

—¿Qué pasa con esta ropa? —preguntó C. J.

—Bueno, es evidente. Es evidente —dijo Gloria—. No, pruébate el azul.

—Pero me gusta el rojo.

—El rojo no es tu color, Clarity.

—Pero es mi pintura la que estará en la exposición, ¿no?

—Y tú eres mi hija y no vas a ir con ese horrible saco. Parece que hayas engordado cinco kilos.

Yo ya casi me había quitado la cinta, pero, de alguna manera, se me quedó enganchada entre los dientes. Tuve que girar mucho el cuello para poder quitármela. Cuando hube terminado, oí a C. J. otra vez. Meneé la cola solo porque me gustaba oír la voz de mi chica. Incluso aunque no pareciera estar contenta.

—¿Maquillaje? Gloria, ¿tengo que hacerlo?

—Quédate quieta. Cierra los ojos. Tienes mis ojos, ¿sabes? Ojalá hicieras algo con ellos.

—Ya lo hago. Miro las cosas con ellos.

—Quédate quieta, Clarity —dijo Gloria, casi en un gruñido.

Entonces sonó el timbre de la casa. Bajé de un salto de la cama con la cinta todavía colgándome del cuello y corrí a hacer mi trabajo y a ladrar. C. J. también fue corriendo. Me cogió del collar y abrió la puerta.

—¿Sí? —preguntó, jadeando.

—¿Está tu madre en casa? —preguntó un hombre que estaba de pie en el porche.

—Bueno… —dudó un momento C. J.

—¡Gus! —exclamó Gloria a nuestra espalda. Llevaba puestos unos zapatos que hacían ruido contra el suelo—. Gus, entra. Me alegro de verte. Clarity, este es Gus. Mi novio.

El hombre entró. Puesto que ya estaba en la casa, yo no tenía que seguir ladrando; me puse a olisquearle los zapatos. Olían a césped y a sudor, así como a una cosa dulce que había caído sobre el zapato izquierdo. Lo lamí.

—¿Qué lleva el perro en el cuello? —preguntó el hombre.

—Esto… Una cinta —farfulló C. J.—. ¿Novio?

—Quizás antes era una cinta —dijo el hombre.

—¡Por supuesto! —dijo Gloria.

—Nunca dijiste nada de…

C. J. miró a Gloria. Yo le lamí los dedos, y ella me quitó la cinta del cuello. Gracias a Dios que ya habíamos terminado ese juego.

—¡Bueno, no te lo cuento todo! —dijo Gloria con tono frívolo y riendo.

El hombre, que se llamaba Gus, también se rio. Entonces C. J. y Gloria regresaron a sus habitaciones mientras él esperaba sentado en el sofá y dando golpecitos impacientes con el pie en el suelo. Finalmente, C. J. y Gloria salieron. Todos se reunieron delante de la puerta. C. J. también llevaba unos zapatos que hacían ruido.

Parecía que se estuvieran preparando para salir; corrí hacia ellos por si querían que los acompañara. Muchas veces no querían, pero yo siempre estaba dispuesta.

—Muy bien, Molly. ¡Esta también es tu noche! —dijo C. J. mientras cogía mi correa del colgador de la pared.

Di unas vueltas correteando de felicidad.

—¡Clarity, en serio! —gruñó Gloria.

C. J. me enganchó la correa y, por fin, salimos de casa. Por mi parte, no comprendía cómo era posible que las personas tardaran tanto en salir. Pero, bueno, no era importante. ¡Me iba a algún sitio con mi chica!

Gloria y Gus subieron a un coche. C. J. abrió la puerta trasera y me llamó para que subiera. Ella también subió. Se ató una cinta alrededor del cuerpo. Yo me tumbé encima de su regazo, jadeante y feliz.

—¡Que ese perro no te llene el vestido de pelo! —dijo Gloria desde delante.

—No —repuso C. J.

—¿Cuánto va a durar esa inauguración? —preguntó Gus mientras el coche empezaba a avanzar.

—Oh, no mucho. Una hora. Por supuesto, Clarity tendrá que hablar con algunas personas del museo. La prensa, ya sabes.

—¡Mamá! —exclamó C. J., horrorizada—. Es solo una exposición de los trabajos de los chicos. ¡No es una gran cosa!

—Clarity June, de verdad. Es algo grande. Tú has sido la única estudiante de la que han escogido una pintura. ¡En toda la escuela! ¿Acaso no es así? —dijo Gloria.

—Bueno, sí, pero…

—Ya sabía que debías tener algún talento. Desde que eras pequeña —dijo Gloria. Parecía muy contenta—. Es algo que viene de familia, ¿sabes? Yo hice una carrera como bastante exitosa antes de que Clarity naciera, Gus.

—¿Ah, sí?

—Claro que sí. Por supuesto, cuando tienes un bebé todo cambia. Pero no me sorprendió recibir esa carta de tu profesora de arte. No me sorprendió en absoluto.

C. J. bajó la cabeza y me abrazó. Gloria continuaba hablando y Gus le respondía, pero C. J. no decía nada. Quizá es que quería ir en el asiento delantero. Lo podía entender. A mí también me gustaba más ir en el asiento de delante.

—Para ahí —le dijo Gloria a Gus, señalando hacia un lugar.

Gus detuvo el coche. Me levanté para mirar por la ventanilla y meneé la cola con fuerza, golpeándole el rostro a C. J. ¡Estábamos en casa de Trent!

Al cabo de un momento, se abrió una de las puertas del coche y Trent subió a nuestro lado. Pero parecía que yo no iba a jugar ni a luchar con Rocky, porque Gus se puso a conducir de inmediato. Fue una pena.

—Eh, Molly. Hola, C. J. —dijo Trent—. Vaya, estás…

—Gloria me ha maquillado —farfulló C. J.

—Vaya —exclamó Trent.

Luego se quedó callado y miró por la ventanilla. Me tumbé de manera que mis patas delanteras quedaran encima de C. J., y mis patas traseras, encima de Trent. Ambos se pusieron a acariciarme. De vez en cuando, sus manos chocaban.

Luego Gus volvió a detener el coche y todos bajamos y entramos en un edificio realmente grande, incluso más grande que el lugar donde jugaba con Andi y que el edificio al que íbamos a hacer arte. Allí había gente por todas partes. Algunas de esas personas hablaban entre ellas. Otras estaban de pie delante de las paredes.

Las personas hacen cosas muy, muy raras.

C. J. sujetaba la correa corta para que yo me quedara muy cerca de ella. Trent y mi chica se acercaron a una de las paredes y se quedaron mirándola.

—Es un cuadro buenísimo, C. J. —dijo Trent.

Ella desplazó el peso del cuerpo de una pierna a otra.

—Para. Me estás haciendo sentir incómoda.

—Vamos. Seguro que sabes que es bueno. Ven, déjame hacerte una foto, ¿vale? Ponte con Molly, justo al lado de la pintura. ¡La artista y su modelo!

Trent retrocedió un poco y levantó una pequeña caja rectangular. C. J. puso los ojos en blanco y luego me cogió en brazos y me acercó a su rostro, sonriendo.

—Así, es fantástico —dio Trent—. Molly tiene la misma expresión que en la pintura. Es evidente que captaste perfectamente su expresión.

La cajita de Trent emitió un pequeño sonido. Entonces C. J. me dejó en el suelo. Mi chica y Trent caminaron un poco por la sala mientras miraban más paredes y yo olisqueaba los pies y las piernas de la gente. Me di cuenta de que muchas de esas personas tenían comida o servilletas en las manos. A veces dejaban caer pequeños trozos de queso o de galletas saladas. Para mí era un placer limpiar el suelo cada vez que eso pasaba.

Delante de una de las paredes de la sala había una mesa con más comida. Ojalá C. J. fuera hasta allí. Levanté la cabeza para ver si tenía alguna intención de ir hacia la comida. En ese momento, noté que se ponía tensa.

—Ahí está Sheryl —le susurró a Trent.

El tono de voz de C. J. era de nerviosismo. Me di la vuelta para comprobar si había algún peligro.

—¿Y? Creí que te caía bien —dijo Trent en voz baja.

—Sí. Me cae bien. Pero ¿y si está enfadada conmigo? Por eso de Shane, quiero decir.

—C. J., estás diciendo tonterías. Ella te defendió ante el director, ¿no es cierto? Presentó tu pintura para esta exposición. ¿Por qué crees que está enfadada?

—No lo sé —dijo C. J.—. Es solo…

—Viene hacia aquí. Tranquilízate. Todo irá bien.

—Hola, C. J. —dijo una voz que me sonó familiar. Era Sheryl, del edifico de arte—. Hola, Molly.

Meneé la cola con ganas.

—Oh. Um —farfulló C. J., retorciendo mi correa entre los dedos—. Hola, Sheryl.

—Te he echado de menos en clase de arte —dijo Sheryl—. ¿Regresarás cuando termines el servicio comunitario?

—No lo sé —dijo mi chica, incómoda.

Me apreté contra sus rodillas para consolarla.

—Eso espero —dijo Sheryl. El tono de su voz era amable—. La clase no es lo mismo sin ti. Y, por supuesto, todo el mundo quiere volver a ver a Molly.

Sheryl se agachó para acariciarme. Me di cuenta de que C. J. se relajaba un poco. Volví a menear la cola mientras Sheryl me acariciaba las orejas con las dos manos.

—¡Esta noche eres una chica muy famosa! —dijo.

Noté el olor de queso en su aliento, y de galletas saladas, y de otra cosa que me resultaba familiar. Y supe qué debía hacer. Me tumbé en el suelo con las patas delanteras cruzadas y apoyé la cabeza encima de ellas.

—Qué monada —dijo Sheryl, sonriendo.

C. J. ahogó una exclamación.

Nadie se acordó de darme un premio.

12

—*D*iscúlpame —le dijo C. J. a Sheryl en voz muy baja.

Sujetó a Trent por el brazo y se lo llevó. Puesto que también tenía mi correa en la mano, fui con ella.

Y eso fue una suerte, porque alguien había dejado caer una bebida dulce en el suelo y pude lamer el líquido mientras C. J. hablaba con Trent con palabras cortas y rápidas.

—Bromeas —dijo Trent.

—¡No es una broma!

—¿Crees que tiene cáncer? ¿Y que Molly lo puede notar? ¿De verdad?

—En serio, Trent. En los experimentos que Andi hace, Molly acierta siempre.

—Eso es una locura. Lo siento. No quiero decir que tú estés loca. Solo que… —Trent negó con la cabeza—. Es que es tan absurdo, ¿no? ¿Molly puede darse cuenta de algo así?

—Pero, Trent, ¿qué hago? —preguntó C. J.

Levanté la cabeza. Mi chica estaba preocupada. Me daba cuenta por su tono de voz. Incluso su olor había cambiado. Di un último lametón al suelo pegajoso y fui a darle un golpe de hocico en la mano para recordarle que todo iba bien, pues yo estaba allí.

C. J. me acarició la cabeza, pero estaba claro que no me prestaba atención. Tuve que continuar dándole golpes de hocico en la mano, porque me acariciaba una vez, pero luego dejaba la mano inerte sobre mi cabeza sin hacer nada con ella.

—¿Debo decírselo? —preguntó C. J.

—Bueno, tendrás que decírselo —respondió Trent.

—Pero ¿aquí? ¿Ahora? Es una inauguración. Hay mucha gente.

—Lo va a saber, C. J. Y nunca será el momento adecuado.

Noté que parte de la preocupación de C. J. desaparecía. Irguió el cuerpo ligeramente.

—Tienes razón. De acuerdo —asintió—. Oh, no. Mira ahí.

—¿Qué?

—Sheryl está hablando con Gloria. No me lo puedo creer. De todas las personas que hay…

—Voy contigo, si quieres —se ofreció Trent.

—No, espérame aquí, ¿vale? Seguramente, Sheryl preferirá que no haya nadie. Encontraré la manera de separarla de Gloria. Vamos, Molly.

Me mantuve pegada a C. J. mientras nos abríamos paso entre toda esa gente. Ni siquiera cuando una de esas personas dejó caer una galleta delante de mí me detuve para comérmela. Me daba cuenta de que mi chica me necesitaba.

Sheryl estaba de pie hablando con Gloria cuando

C. J. llegó a su lado. Gus estaba al lado de Gloria y tenía un vaso en la mano.

—Sheryl —dijo C. J. con tono de nerviosismo—. ¿Puedo hablar contigo un momento? ¿Puede ser ahora?

Sheryl pareció un poco sorprendida, pero sonrió con amabilidad.

—Por supuesto, si es importante...

—Es algo privado —le dijo C. J.

—¡Privado! —Gloria enderezó la espalda—. Soy tu madre, Clarity June. ¿Qué puede ser privado para mí?

C. J. se encogió un poco. Sheryl miró a C. J. y a Gloria. Gus frunció el ceño.

—Será solo un minuto —le dijo Sheryl a Gloria, y alargó la mano para coger a C. J. del brazo.

Cruzaron la sala en dirección a la puerta. ¡Quizá fueran a salir! Dar un paseo sería más divertido que quedarse en la sala, incluso con esos trozos de comida que caían al suelo de vez en cuando.

Cuando llegamos a la puerta, C. J. empezó a hablar. Sheryl la escuchó. Negó con la cabeza. Luego se puso pálida y apoyó una mano en el marco de la puerta, como si necesitara apoyarse en ella.

—No lo sé. No puedo saberlo con seguridad. Quizá Molly se haya equivocado —dijo C. J. hablando deprisa—. Pero nunca se ha equivocado cuando hacemos los experimentos. Yo... tenía que decírtelo. Deberías ir al médico enseguida. Andi, la entrenadora de los perros, dice que la detección precoz es muy importante, lo más importante de todo.

Sheryl había abierto mucho los ojos, que le brillaban.

—Mi madre… murió de cáncer de pecho —murmuró, mientras unas lágrimas empezaban a deslizarse por su rostro.

—Lo siento. Lo siento mucho, Sheryl —dijo C. J.

Parecía que C. J. fuera a ponerse a llorar también.

Miré a la una y a la otra. Ambas estaban preocupadas y ansiosas. Y no parecía que fuéramos a dar un paseo. Me pregunté por qué no. Estaba segura de que eso nos haría sentir mejor a todas.

—Tengo que…, tengo que irme —dijo Sheryl. Las lágrimas seguían cayéndole por el rostro—. Lo siento, C. J. No puedo… Tengo que irme. Ahora.

Y se fue por la puerta. Caminaba como si no pudiera ver bien.

Puse una pata encima de la pierna de C. J. para llamar su atención. Luego oímos que alguien hablaba detrás de nosotros.

—¿De qué va todo esto, Clarity?

Era Gloria. Gus estaba justo detrás. Ella nos miraba con los labios fruncidos.

—¿Qué le has dicho a la profesora? —preguntó en voz baja—. Fuera lo que fuera, desde luego, has montado un numerito.

C. J. se pasó una mano por el rostro.

—Tenía que decirle una cosa, Gloria. Era importante.

Trent empezó a abrirse paso hacia nosotras desde el otro lado de la sala, donde C. J. lo había dejado.

—Muy tuyo, Clarity —dijo Gloria con impaciencia—. Cuando algo es importante para ti, crees que tiene que ser importante para todo el mundo. Pero es hora de que empieces a crecer y pienses un poco en los demás. Desde luego, a mí tu comportamiento me resulta embarazoso.

—C. J. estaba pensando en los demás —dijo Trent, enojado, detrás de Gloria y de Gus—. No sabe lo que ha sucedido. C. J. ha hecho lo correcto.

—Trent, para —intervino C. J. con tono cansado—. Solo lo empeorarás.

Todos estaban enfadados. Nadie estaba comiendo. Nadie me acariciaba. Nadie miraba a ninguna pared. Un montón de gente nos estaba observando.

Por mi parte, jamás conseguía comprender por qué las personas pasan tanto tiempo de pie diciéndose palabras las unas a las otras cuando no parece que esas palabras les pongan contentos.

Gus miró a Trent.

—Niño, continúa mirando los cuadros.

Trent apretó la mandíbula con expresión terca. Me recordó a Rocky cuando se preparaba para lanzarse sobre mí y tumbarme al suelo.

—Vete —le dijo C. J. en voz baja a Trent—. No pasa nada. Por favor.

Trent soltó un largo suspiro y se fue. Pero no se alejó demasiado. Se quedó mirando una de las paredes con las manos metidas en los bolsillos.

—Bueno, deja que yo me ocupe de esto —le dijo Gus a Gloria.

—Con mucho gusto. Voy a buscar algo para beber —repuso Gloria.

Se dio la vuelta y se dirigió hacia las mesas de comida.

Miré a C. J. para saber si nosotras íbamos a hacer lo mismo.

Pero Gus cogió a C. J. del brazo y se la llevó por la puerta.

C. J. se quedó tan sorprendida que dejó caer mi correa. Pero eso no importaba, porque estaba claro que yo iba con ella. Gus cerró la puerta tan deprisa que estuvo a punto de pillarme la cola con ella.

—¡Suéltame! —protestó C. J.

Noté que se me empezaba a erizar el pelaje del cuello.

—Escucha —le dijo Gus a C. J.—. No sé lo que está pasando, pero sí sé una cosa: vas a empezar a hablarle a tu madre con respeto. ¿Me has oído?

C. J. se retorcía y tiraba del brazo intentando soltarse de Gus.

—Tienes razón. ¡No sabes lo que está pasando! —dijo, enojada—. ¡Así que déjame en paz!

Nunca había mordido a nadie antes. Ni siquiera había amenazado a nadie. Desde luego, Rocky y yo gruñíamos mientras jugábamos, y yo ladraba cuando alguien llamaba al timbre de la casa, pero nada de eso era una amenaza de verdad. Eso era para que se supiera que, en caso necesario, podría mostrar toda mi fiereza.

Y en ese momento era necesario.

Por algún motivo, supe qué era lo que debía hacer. Bajé la cabeza y enseñé los dientes mientras caminaba despacio hacia Gus.

—¡Eh!

Gus soltó el brazo de C. J. justo cuando la puerta se abría detrás de nosotros.

—Clarity June, espero que ahora ya estés lista para comportarte de manera civilizada —dijo Gloria. Y entonces ahogó una exclamación y dijo—: ¿Qué es lo que está pasando aquí?

Gus se apartó de mí. C. J. se arrodilló en el suelo y me agarró.

—No pasa nada, Molly. No pasa nada, Molly —susurró.

Tenía la cara llena de lágrimas. Se la lamí. Tenía un sabor salado; además, noté aquella extraña raya negra que le cruzaba las mejillas. Pero ahora me di cuenta de que estaba más tranquila. Y yo ya no tenía erizado el pelaje del cuello.

—Este perro es agresivo —dijo Gus, enojado. Bajó los escalones. Mientras iba hacia la acera, añadió—: Se acabó. Me largo de aquí.

—¡Gus! —lo llamó Gloria—. ¡Vuelve!

Yo conocía esa palabra. Miré a Gloria, pero me di cuenta de que no quería que fuera con ella, porque me miraba con expresión de horror.

—Gloria, escucha. —C. J. apartó el rostro de mi pelaje y levantó la cabeza—. Molly estaba…

—¡No quiero oír nada al respecto! —dijo Gloria—. Ahora nos vamos, Clarity. Voy a buscar el coche.

—Pero, mamá…

—¡Ni una palabra más!

—Pero ¡Trent! ¡Tenemos que ir a buscar a Trent! ¡Necesita que lo llevemos a casa en coche!

—Oh.

Gloria dudó un momento.

—Iré a buscarlo —dijo C. J., poniéndose en pie.

—¡No harás tal cosa! Tienes un aspecto desastroso. No podemos permitir que te vean así. Iré yo. Tú sube al coche. Ya hablaremos en casa.

Gus no vino con nosotros. En el coche, todos estuvieron en silencio. Trent abrió la boca unas cuantas veces, pero C. J. negó con la cabeza y él volvió a cerrarla.

Cuando llegamos a su casa, Trent bajó del coche. Luego, C. J., Gloria y yo nos fuimos a casa.

—Este perro es peligroso —dijo Gloria en cuanto entramos en el salón.

—¡Molly no es peligrosa! —exclamó C. J. casi gritando.

—¡Lo he visto con mis propios ojos, Clarity! ¡Iba a morder a Gus!

—¡Solo para protegerme!

—¡Para protegerte! —se burló Gloria—. ¿Por qué ibas a necesitar protección?

—¡Me agarró del brazo, Gloria! ¡Y no me soltaba!

—Eso es absurdo. Gus es un caballero. Además, ahora no estamos hablando de él. Estamos hablando de este perro.

Gloria me señalaba. Hablaba en tono tenso y enojado, pero percibí miedo en su voz y en sus ojos, que tenía muy abiertos.

Empecé a acercarme a ella, mirando a mi alrededor para descubrir qué era lo que la estaba asustando. Quería que Gloria supiera que también la protegería a ella. Aunque no era mi chica, era alguien cercano, que vivía en la casa con nosotras. No permitiría que nadie le hiciera daño.

—¡Apártate de mí! —chilló Gloria.

C. J. me cogió por el collar.

—¡No va a hacerte nada, Gloria!

—Quiero que se vaya. ¡Fuera! Déjala en el patio, Clarity June. ¡Ahora mismo! ¡Luego seguiremos hablando!

—Vale, vale —dijo C. J.

Me tiró del collar, y yo la seguí hasta el patio. Quizá fuéramos a quedarnos ahí para jugar con la pelota o para revolcarnos en el césped. Cualquier cosa sería mejor que esas palabras llenas de enojo y de miedo.

C. J. se agachó y me cogió la cabeza con las dos manos. Me dio un beso.

—No te preocupes, Molly —susurró mi chica—. No dejaré que te hagan nada.

Luego entró en la casa por la puerta trasera y me la cerró en la cara.

Me quedé pasmada. Me senté en el césped y ni siquiera ladré.

¿Qué había sucedido? ¿Por qué mi chica me había dejado allí fuera, en el patio?

No tenía ningún sentido. Me daba cuenta de que C. J. me necesitaba, porque estaba enojada y preocupada. Además, tenía miedo. Aunque ahora nadie la había agarrado del brazo, todavía había algo que la hacía sentir ansiosa. Debía ayudarla.

Entonces recordé lo que tenía que hacer. Ladré para que C. J. supiera que había cometido un error al dejarme fuera. Y luego esperé a que la puerta se abriera.

No se abrió.

Eso era muy raro. Ladré un poco más, tan fuerte como pude. Luego rasqué la puerta intentando ver si podía abrirla empujándola. La puerta no se movió.

Así que continué ladrando.

Seguro que C. J. lo comprendería. Vendría a buscarme. No era como antes, cuando me dejaba debajo de la escalera. Esa época ya había pasado. Ahora vendría a buscarme. Y lo haría pronto.

Pero no fue pronto: pasó muchísimo rato hasta que C. J. regresó.

Todo estaba oscuro. Las luces de las casas de los vecinos ya se habían apagado cuando, ¡por fin!, la puerta se abrió.

—¡Molly! —susurró C. J.

Corrí hacia la puerta y salté sobre mi chica. Ella se sentó en el suelo de la cocina y me sujetó sobre su regazo mientras yo le lamía la cara frenéticamente para hacerle saber lo mucho que había tardado en venir a buscarme.

—*Shhhh*, Molly, *shhh* —susurró C. J.—. Silencio, Molly, cállate. No hagas ruido.

Conocía esa orden. Me senté sobre el regazo de C. J. y la miré a la cara. No íbamos a jugar otra vez a ese juego, ¿no? ¡Creí que C. J. ya había aprendido la lección al respecto!

Sí, yo estaba en lo cierto. ¡Qué alivio! C. J. me llevó en brazos escaleras arriba hasta su dormitorio. Se movía despacio y con cuidado para subir los escalones. Recorrió el pasillo de puntillas hasta que llegamos a su habitación.

Cuando estuvimos dentro del dormitorio, me metió debajo del cobertor de la cama. Me daba cuenta de que mi chica seguía necesitando que la cuidara, así que me acurruqué a su lado. Ella me puso una mano encima. Me quedé despierta hasta que noté que su cuerpo se relajaba contra el mío y que su respiración se hacía más pausada y suave.

Entonces yo también me quedé dormida allí, en mi sitio, al lado de mi chica.

13

$\mathcal{A}$ la mañana siguiente, mientras la casa todavía estaba oscura y en silencio, C. J. me cogió y bajó las escaleras rápidamente conmigo en brazos. Me llevó al patio trasero otra vez y me dejó allí mis cuencos de comida y bebida. Luego, entró en la casa.

Solté un par de ladridos para recordarle que debía venir a buscarme. Pero luego me puse a desayunar y, cuando terminé, me sentía tan llena que me enrosqué sobre el césped para echar una pequeña cabezada. Me desperté cuando C. J. salió otra vez al patio, a toda prisa y con su mochila. Se arrodilló y me abrazó y me dio un beso.

—No te preocupes, Molly —susurró—. Pensaré en algo.

Y luego salió corriendo por la puerta de la cerca y se alejó por la acera.

Ya me había dado cuenta de que cuando C. J. llevaba la mochila era cuando se iba a la escuela y, por tanto, que tardaría bastante en regresar a casa. Así que volví a echar una cabezada.

Al cabo de un rato, oí el crujido de la puerta al abrirse.

Parecía temprano para que C. J. hubiera regresado de la escuela. Levanté la cabeza con sorpresa. No era C. J., sino Gloria. Allí, de pie, delante de la puerta.

Me di cuenta de que todavía tenía miedo. Me puse en pie, olisqueando. Fui a investigar por todo el patio para ver dónde estaba la amenaza, pero no encontré nada.

—¿Quieres un poco de carne asada? —dijo Gloria.

Di un paso hacia ella. Me detuve. Percibí el tono de interrogación en su voz, pero no sabía si eso significaba que yo me había metido en un lío o no.

—Toma —dijo.

Tiró algo al césped, a poca distancia de mí. Me llegó un olor delicioso, profundo, sabroso y maravilloso. Me lancé sobre el trozo de carne que Gloria me había lanzado y me lo zampé en dos bocados.

¡Sensacional!

Miré a Gloria otra vez. Intenté menear la cola para ver cómo reaccionaba.

—¿Quieres otro? —preguntó.

Me lanzó otro trozo de carne.

Salté sobre él y también me lo comí. ¡Debía de estar siendo una perra muy buena como para recibir dos premios a la vez!

Entonces Gloria cerró la puerta. Me senté y solté un suspiro. ¿Ya no había más premios?

Al cabo de un minuto, Gloria me llamó desde la parte delantera de la casa.

—¡Yu-ju, Molly! Perro, ¿quieres otro premio?

¡Reconocí mi nombre! ¡Reconocí la palabra «perro»! ¡Reconocí la palabra «premio»! Fui corriendo hasta la puerta de la cerca y la encontré abierta, así que avancé a paso rápido por el costado de la casa hasta el patio de delante. Gloria estaba de pie en el camino de entrada.

—Premio —dijo otra vez.

Meneé la cola con más fuerza. Ella lanzó un trozo de carne en mi dirección. Esta vez ya estaba preparada: salté para atraparlo en el aire. ¡Era un juego maravilloso! Por lo que a mí respectaba, podíamos estar jugando a eso eternamente.

Gloria abrió la puerta del asiento trasero del coche.

—Bueno, ¿quieres subir, perro? ¿Premio?

Me pareció entender lo que quería decir. Algo que tenía que ver con el coche y con un premio. Insegura, me acerqué a la puerta abierta del coche. Gloria lanzó dos trozos de carne al suelo del asiento trasero y yo subí al coche. Entonces, mientras me los comía, oí que la puerta del automóvil se cerraba.

Gloria se sentó en el asiento delantero y puso el coche en marcha. Nos alejamos.

Terminé de comerme mis premios y salté al asiento. Gloria soltó una pequeña exclamación y miró hacia atrás, pero luego volvió a dirigir la atención a la calle. Estuve un rato mirando por la ventanilla, deseando que estuviera abierta para poder meter el hocico por la rendija y percibir los olores que íbamos dejando atrás. Pero la ventanilla estaba cerrada y oler el cristal no era interesante. Además, tenía la barriga llena y no me parecía que fuera a haber más premios, por lo que me acurruqué en el asiento para echar la segunda cabezada de la mañana.

Después de un rato de dormir plácidamente, oí que el coche se detenía. Me puse en pie y me sacudí. El sonido del motor cesó y el automóvil se quedó quieto.

Gloria se giró en el asiento para que yo pudiera verle la cara.

—Ahora, tranquila —dijo—. Recuerda que te he dado un premio. Pórtate bien, Molly.

Meneé la cola al oír mi nombre y la palabra «premio». Gloria alargó los brazos para cogerme. Le olisqueé las manos. Todavía tenían buen olor, pero no encontré carne. Entonces oí un ruido y vi que mi collar había caído en el asiento, entre mis patas delanteras.

Bajé la cabeza y olisqueé el collar. Era difícil oler esa cosa mientras la llevaba en el cuello. En general, tenía mi olor, lo cual no era nada interesante. En fin, yo ya conocía mi olor.

Gloria bajó del coche y abrió mi puerta.

—Ven. A mi lado. Pórtate bien. No te escapes.

Meneé la cola y bajé del coche.

Estábamos en un aparcamiento. Se notaba un olor fuerte de perros por todas partes. Miré a mi alrededor, pero no pude ver a ninguno de los perros que, obviamente, habían estado allí hacía poco.

Gloria empezó a caminar en dirección a un edificio. Yo la seguí. El olor de los perros se sentía más y más intensamente. Y no era un olor de felicidad. Percibí el olor del miedo, la soledad y la rabia. Eso me puso nerviosa. Me coloqué muy cerca de las piernas de Gloria, que empezó a caminar más deprisa.

Entramos rápidamente por la puerta. Gloria la cerró al pasar. Estábamos en una pequeña habitación en la que había un escritorio; detrás, otra puerta que estaba abierta. Al otro lado de esa puerta, había más de una docena de perros que no paraban de ladrar. El olor era todavía peor. Retrocedí hacia la puerta de entrada que daba al aparcamiento con la esperanza de que nos fuéramos pronto. Seguramente, C. J. me estaría esperando.

—¿Hola? ¿Hola? —llamó Gloria.

Una mujer apareció por la puerta abierta. Sonrió.

—¿Sí? ¿En qué puedo ayudarla?

—He encontrado este pobre perro abandonado en la calle —dijo Gloria—. Es difícil comprender cómo ha podido vivir así, solo y lejos de su familia. ¿Es aquí donde se dejan los perros extraviados?

Gloria y la mujer estuvieron hablando unos minutos. Luego, Gloria se fue y cerró la puerta al salir.

Me quedé mirando la puerta, un tanto desconcertada. Gloria no era como C. J. (no era mi chica), pero tenía la sensación de que debía irme con ella. Fui hasta la puerta y ladré una vez. ¿Quizá se había olvidado de mí? ¿Volvería y abriría la puerta?

La mujer nueva se acercó a mí y me ofreció una mano para que la olisqueara. Olía a jabón y a otros perros. La olisqueé rápidamente, más que nada por cortesía. Lo cierto es que no estaba muy interesada en ello. Quería que Gloria regresara pronto para que pudiéramos irnos.

La mujer nueva me puso un collar en el cuello.

—Bueno, vamos, chica —dijo.

Se alejó. Me quedé al lado de la puerta.

—Vamos —volvió a decir, y alargó la mano y dio un tirón de mi collar nuevo.

Me di cuenta de que se suponía que debía ir con ella. Resultaba desconcertante, pero, bueno, quería ser una buena perra, así que la seguí por la puerta.

El lugar al que me llevó se parecía un poco a la habitación en que C. J. y yo jugábamos a veces con Andi. Allí había jaulas… y muchos perros. Pero no había personas sentadas en sillas para que yo pudiera ir a olisquearlas. Y C. J. no estaba.

La mujer me dejó en una jaula que tenía el suelo de cemento. Luego cerró la puerta y se fue.

Me quedé atónita. ¿Qué estaba pasando?

Alguien, en algún lugar, había cometido un error. No había otra posibilidad.

En el interior de la jaula había una caja de madera que tenía un techo y una puerta. Metí la cabeza dentro solo para ver cómo era. En el suelo de la caja había una alfombra. Era evidente que varios perros habían dormido allí antes de que yo llegara.

Y ninguno de ellos se había sentido feliz.

Saqué la cabeza de la caja y miré a mi alrededor. En aquel lugar, los ladridos retumbaban. Los perros más pequeños soltaban ladridos agudos. Los más grandes, aullaban y ladraban. A mi derecha había una jaula vacía; a mi izquierda, tumbado en el suelo de cemento, había un gran perro de caza que de vez en cuando levantaba la cabeza y se unía a la algarabía.

Yo también ladré un poco. No pude evitarlo. Pero nadie vino a sacarme de la jaula.

De hecho, nadie vino a sacar a ninguno de los perros. Pero no podíamos dejar de ladrar para hacer saber a los seres humanos lo que debían hacer.

Por fin pareció que tantos ladridos surtían efecto, pues la mujer que me había metido en la jaula regresó. Corrí hacia ella meneando la cola frenéticamente. Para mi alegría, vi que abría la puerta de la jaula.

Gracias a Dios que había venido a sacarme. No me gustaba estar ahí. Era un lugar muy ruidoso. Además, el suelo de cemento estaba frío. Y yo quería estar al lado de C. J. Si no podía jugar con ella y sentir sus manos en mi pelaje, por lo menos quería acurrucarme en su cama y sentir su olor en las sábanas mientras esperaba como una perra buena a que ella terminara la escuela y regresara a casa.

Sin embargo, la mujer no parecía comprender que yo necesitaba regresar a casa con mi chica. Con un gesto rápido, bloqueó la puerta con el cuerpo y me dejó atrapada en el interior. Luego dejó un cuenco de comida y otro de agua en el suelo de la jaula. Después, alargó un brazo y me acarició. Pero no me dejó salir y volvió a cerrar la puerta de la jaula.

Olisqueé la comida, pero no tenía hambre. Ya había dejado vacío mi cuenco de comida en el patio; también me había comido todos esos trozos de carne. Por otro lado, echaba tanto de menos a C. J. que ni siquiera la comida me importaba.

Empecé a dar vueltas y a lloriquear. Luego me tumbé en el interior de la caja, encima de la alfombra, e intenté dormir. Pero resultaba imposible.

Todos esos ladridos transmitían miedo. También rabia. Algunos, tristeza o dolor. Mis ladridos suplicaban que me dejaran salir de la jaula, que me dejaran correr y jugar y estar con mi chica.

Las horas pasaban y C. J. no venía a buscarme. La mujer me trajo agua fresca una vez. Luego, las luces se apagaron. Algunos perros se durmieron, pero yo no. No mucho. No podía. Me veía a mí misma tumbada a los pies de la cama de C. J. Deseaba sentir el contacto de sus manos en el pelaje y el familiar y maravilloso olor de su piel.

Por la mañana, un hombre me trajo comida. Tomé unos cuantos bocados mientras él me miraba desde fuera de la jaula. Luego, abrió la jaula de nuevo.

Lo miré, alerta y con los músculos tensos, dispuesta a salir corriendo. Pero él bloqueó la puerta igual que había hecho la mujer el día anterior. Alargó una mano y me enganchó una correa al collar.

Y luego (¡el corazón me dio un vuelco de alegría!) mantuvo la puerta de la jaula abierta.

Me lancé hacia fuera e intenté correr, pero la correa me retuvo. Pero no me importaba sentir la presión del collar en el cuello; tiré de ella con todas mis fuerzas hasta tal punto que arrastré al hombre por el pasillo. Todos los perros ladraban a nuestro paso.

El hombre me llevó a una pequeña habitación, donde nos esperaba una mujer. Ella me subió a una mesa de metal, igual que había hecho C. J. cuando habíamos ido a ver a la doctora Marty. No me molestaba ir al veterinario si C. J. estaba conmigo, pero todo eso era nuevo y extraño. Mantuve las orejas y la cola gachas para demostrar que no constituía ninguna amenaza: tal vez así no me hicieran daño. Puede que la mujer me entendiera, pues me acarició y me habló en voz baja y amable.

Luego el hombre me sujetó la cabeza para que no pudiera moverla. La mujer cogió un palo y lo acercó a mi cabeza. ¿Era un juguete para mí? ¿Cómo saberlo? El hombre me continuaba sujetando y yo no pude mirarlo bien.

—Sí, lo lleva —dijo la mujer.

—Sabía que llevaría chip —respondió el hombre.

Luego me bajaron de la mesa y me llevaron a mi jaula.

¡Mi jaula! No me lo podía creer. Había creído que esas personas habían comprendido que aquel no era un buen lugar para mí. Pero ¡me habían vuelto a llevar a ella! Me sentí tan decepcionada que ni siquiera pude caminar la corta distancia hasta la caja y el trozo de alfombra. Me dejé caer en el frío suelo de cemento. Mordisqueé un poco uno de los cantos de la caseta, pero ni siquiera eso me hizo sentir mejor.

Al cabo de unas horas, el hombre regresó.

—Hola, Molly —dijo, desde la puerta de mi jaula.

Había dicho mi nombre. ¡Mi nombre! Solo oírlo me hizo sentir como si C. J. estuviera más cerca. Era ella quien pronunciaba mi nombre más a menudo, y lo hacía con mucho amor. Me senté y meneé la cola.

El hombre abrió la puerta. En cuanto corrí hasta él, me enganchó la correa al collar.

—Vamos, chica. Ha venido alguien a verte.

El hombre me llevó por el pasillo que quedaba entre las hileras de jaulas llenas de perros que ladraban frenéticamente. En cuanto abrió la puerta que había al final del pasillo, noté el olor que más amaba en el mundo. ¡C. J. estaba allí, por fin!

Entré corriendo a la pequeña habitación en que había visto a Gloria por última vez. Al hacerlo, di un tirón tan fuerte que arranqué la correa de la mano del hombre. ¡Mi chica! ¡Mi chica había venido! C. J. estaba de pie cerca de la puerta y salté sobre ella. Ella se arrodilló en el suelo y me rodeó con los brazos.

—Molly. Molly. Oh, Molly —dijo.

Le lamí la cara y me retorcí para soltarme de su abrazo. Era tan maravilloso sentir los brazos de C. J. que me hubiera quedado allí para siempre... No obstante, también estaba tan emocionada que ¡necesitaba correr!

Di vueltas y más vueltas alrededor de C. J. arrastrando la correa por el suelo. Expresé todo mi alivio y felicidad con ladridos agudos y suplicantes. C. J. se rio y se limpió la cara.

—Buena perra, Molly. Siéntate. Ahora siéntate.

Bajé el trasero hasta el suelo una vez, pero luego salté otra vez al regazo de C. J.

Ella se rio otra vez.

—No, Molly, no pasa nada. Siéntate. Molly, siéntate.

De mala gana, bajé las patas de su regazo y me senté. Ella se puso en pie para hablar con ese hombre. Avancé discretamente, sin levantar el trasero: acabé sentada sobre sus pies.

—He estado muy preocupada —dijo—. Por algún motivo, la puerta de la cerca del patio estaba abierta. Estoy segura de que la cerré cuando me fui a la escuela, pero cuando regresé a casa la encontré abierta.

—Menos mal que le habías puesto el chip —dijo el hombre—. La mujer que la dejó aquí dijo que la había encontrado corriendo por la calle.

—Eso no es propio de Molly —replicó C. J., meneando la cabeza—. Ojalá supiera qué ha sucedido. Un momento, ¿qué mujer?

—La mujer que la encontró y la trajo aquí —dijo el hombre—. Una mujer rica.

—¿Rica? —preguntó C. J.

—Bueno, ya sabes. Tenía un coche nuevo… y ropa cara. Mucho perfume. El cabello arreglado. Se veía que tenía dinero.

—¿Tenía el pelo rubio? —preguntó C. J.

—Sí.

Sacó una cosa del bolsillo. Levanté la cabeza para ver si era un premio, pero solo era una caja delgada que olía a metal y a plástico. Allí no había nada interesante.

—¿Es ella? —preguntó C. J.

El hombre miró la cajita.

—Eh, sí. Es ella. ¿La conoces?

C. J. volvió a meterse la cajita en el bolsillo.

—Sí —dijo con voz tensa.

A partir de ese momento, ya no estuvo tan contenta como antes. Eso sí que era raro, teniendo en cuenta que volvíamos a estar juntas.

C. J. y el hombre estuvieron hablando un rato más. Luego mi chica me llevó al aparcamiento. En cuanto salimos por la puerta, C. J. se agachó y me abrazó.

Le lamí la cara con entusiasmo.

—Oh, Molly, Molly —susurró—. Mi perrita boba. Tenía miedo de que te hubiera ocurrido algo horrible. —Estaba triste, así que me apreté contra ella para hacerle saber que ahora todo estaba bien—. Lo siento mucho —dijo C. J.—. Ni me imaginaba que pudiera hacer algo así.

Caminamos un poco por la calle. Luego estuvimos allí un rato, como si esperáramos algo. Finalmente, llegó un coche enorme que se detuvo delante de nosotras soltando un fuerte chirrido. Se abrió una puerta. C. J. habló un momento con el conductor.

—No, no es un perro de asistencia, pero se portará bien —dijo C. J.—. Es una perra muy buena. Podrá ir sentada en mi regazo. Por favor, déjenos subir al autobús. Tengo que llevarla a casa.

Cuando terminaron de hablar, C. J. me hizo subir unos escalones hasta un sitio que estaba lleno de asientos. Me senté en su regazo y miré por la ventanilla. C. J. la bajó un poco para que yo pudiera sacar un poco el hocico.

Cuando llegamos a casa, C. J. me dio de comer. Estaba contenta de comer, a pesar de que ya me había comido un cuenco entero en la jaula. Luego nos sentamos juntas en el sofá del salón. Era maravilloso volver a estar tan cerca de mi chica, notar su olor y sentir su calor, dejar que sus manos me rascaran el cuello y me acariciaran desde la oreja hasta la cola.

Sin embargo, me daba cuenta de que C. J. no estaba tan contenta como yo. Todavía estaba preocupada por algo.

—Oh, Molly —susurraba de vez en cuando—. ¿Qué vamos a hacer?

Cada vez que decía eso, meneaba la cola y le daba un lametazo.

Al cabo de un rato, oí que una llave se introducía en la cerradura de la puerta. Uno de mis trabajos solía ser correr hasta la puerta cuando esta se abría, pero esta vez no quise alejarme del regazo de C. J.

Gloria entró en el salón y se quedó quieta mirándonos a C. J. y a mí. Luego dejó caer el bolso al suelo.

—Han llamado de la perrera —dijo C. J. Me sujetaba con fuerza y miraba a su madre con expresión desafiante—. Leyeron el microchip de Molly. Fui a buscarla.

Gloria no respondió.

—Sé lo que has hecho, Gloria. ¡Sé que fuiste tú! —gritó C. J.—. ¿Cómo has sido capaz?

Después de eso hubo muchos gritos. Al final, C. J. me apartó de su regazo y se puso en pie. Yo también bajé del sofá y me apreté contra sus piernas. Gloria retrocedió.

—No pienso tener a este perro en casa. ¡No! ¡Es peligroso! —insistió Gloria.

C. J. se quedó callada. Permanecía de pie y miraba a su madre. Yo miré a C. J. y a Gloria. Bostecé, ansiosa.

—¿Me has oído, Clarity June? ¡Esta es mi casa… y no quiero que este perro siga aquí!

—Muy bien —dijo C. J. en voz baja.

Ya no gritaba, pero yo continuaba notando que tenía todo el cuerpo tenso.

—Déjanos estar juntas hoy —dijo C. J. Se sentó en el suelo a mi lado y me atrajo hasta su regazo—. Solo un día más. Luego te prometo que no volverás a ver a Molly.

14

$\mathcal{A}$ la mañana siguiente, C. J. de nuevo me dio de comer en el patio trasero. Luego corrió al interior de la casa. Cuando regresó, llevaba la mochila. Estaba lista para irse a la escuela.

Sin embargo, esta vez su mochila era más grande de lo habitual. Por su forma de caminar me di cuenta de que le pesaba. Y luego sucedió algo maravilloso.

—Vamos, Molly —susurró C. J.—. Pero no hagas ruido.

Me enganchó la correa al collar y me llevó al otro lado de la puerta del cercado. Fuimos hasta el patio delantero y bajamos por la acera.

¡Me iba a la escuela con mi chica! Me sentía tan feliz que empecé a saltar, a pesar de la correa.

—*Shhhh* —soltaba C. J. todo el rato.

Supuse que eso significaba que ella se sentía igual de feliz que yo. ¡Estábamos juntas! ¡Y la hierba desprendía un olor fascinante! ¡Y en la rama de uno de los árboles había una ardilla a la que ladrar!

—¡Silencio, Molly! —insistió C. J., que me llevó hasta una esquina.

Allí pareció relajarse un poco; continuamos caminando despacio para que yo pudiera oler todo lo que quisiera.

Fuimos a visitar a un perro que se llamaba Zeke y a un gato que se llamaba Annabelle. Vivían en una casa que tenía un bonito patio trasero. Y a Zeke, que era pequeño y negro y que tenía las patas cortas, le encantaba correr por el césped y meterse bajo los matorrales. Por supuesto, me puse a perseguirlo. Cada vez que me dejaba caer al suelo, jadeando, él venía corriendo y bajaba la cabeza sin bajar el trasero y sin dejar de menear la cola, pequeña y delgada. Así que yo me levantaba y volvía a perseguirlo un rato.

¡Era maravilloso!

Annabelle vivía casi siempre dentro de la casa, aunque de vez en cuando salía para caminar por encima de la valla. Eso no era justo, porque Zeke y yo no podíamos hacerlo. Cuando nos cruzamos, ella me olisqueó una vez. Me encantó el olor de su aliento: era delicioso, olía a pescado. Así que le lamí la cara desde la barbilla hasta las orejas.

Annabelle se apartó, se dio la vuelta y luego se alejó lentamente con la cola levantada. No me importó. Por mí, podía salir al patio a jugar conmigo y con Zeke cada vez que quisiera.

En la casa también vivía una niña que se llamaba Trish. Era bastante buena acariciando la barriga. Sus padres también vivían allí.

Estuvimos de visita en casa de Zeke y de Annabelle durante dos días. Luego nos fuimos a una casa nueva. En esta no había ni perros ni gatos. En la siguiente casa, había un perro viejo que se pasaba casi todo el tiempo durmiendo, así como un perro joven que no quería que yo mordisqueara sus juguetes.

En todas esas casas, había una chica de la edad de C. J., además de otras personas.

¡Fue maravilloso conocer a todos esos perros! Las personas también eran amables. Y me encantó que C. J. durmiera muchas veces en el suelo, en una especie de saco que estaba hecho de un material sedoso y en el cual era muy fácil acomodarse. Para mí era muy sencillo dormir a su lado: así no tenía que preocuparme por saltar a una cama. Solo tenía que caminar un poco en círculo hasta que la ropa quedaba aplastada; entonces me podía tumbar soltando un suspiro de felicidad y acurrucarme al lado de C. J.

Me encantaba nuestra nueva vida. Pero a veces echaba de menos a Trent y a Rocky. ¿Volveríamos a verlos pronto?

Cierto día, C. J. metió todas sus cosas en su mochila y nos fuimos a una casa nueva. Allí había un niño más pequeño que C. J. cuyas manos olían igual que las dos ratas que vivían en la jaula que tenía en su habitación. Aquel crío me quiso de inmediato, lo cual era completamente comprensible. Él no tenía perro. Y las ratas no sirven de nada. Aunque tengas dos. De nada.

El niño se llamaba Del. Estuvimos jugando a «tirar del palo» y «lanzar la pelota» en el jardín que había delante de la casa. A veces, C. J. nos miraba jugar; otras veces, se quedaba dentro de la casa hablando con una chica a la que llamaba Emily.

Aquella era una buena casa. Sobre todo me gustaba

el espacio de debajo de la gran mesa del comedor. Me instalaba allí abajo con la cola cerca de los pies de C. J. y la cabeza cerca de los de Del. El truco es que allí era donde caían al suelo los bocados más deliciosos: trocitos de pan con mantequilla, trozos de espaguetis, restos de piel de pollo e incluso, una vez, un pequeño tomate.

Un día, cuando ya habíamos pasado tres noches en esa casa, me encontraba en mi lugar habitual de debajo de la mesa lamiendo un trozo de ternera asada que se acababa de caer al suelo cuando oí que C. J. empujaba la silla hacia atrás.

—Disculpadme un momento —dijo, y se fue.

Estaba ocupada con el trozo de ternera, así que no la seguí de inmediato. Pensé que regresaría. ¿Quién querría estar tanto rato lejos de una mesa que olía tan bien?

—Emily. ¿Cuánto tiempo se va a quedar? —preguntó la madre de Emily.

—No lo sé, mamá. Pero no puede irse a su casa ahora.

Se hizo un silencio. Le lamí el tobillo a Del para hacerle saber que yo continuaba allí. Él se rio.

—Lo que quiero decir —dijo su madre en un tono de voz más bajo— es que ya sé que C. J. tiene una situación difícil en casa, pero...

—No puede quedarse a vivir aquí —dijo el padre.

—¡No lo va a hacer! ¡Es solo por un tiempo! —replicó Emily.

—A mí me cae bien —dijo Del con su voz aguda.

—No se trata de eso, hijo. Se trata de lo que está bien —respondió su padre.

—Y Molly —añadió Del.

Meneé la cola y levanté las orejas: los pasos de C. J. se acercaban hacia la habitación.

—Tampoco se trata de Molly —dijo la madre con un suspiro—. A mí también me cae bien, Del. Me gusta C. J. Pero esta no es su casa.

Ninguno de ellos parecía contento, cosa que resultaba incomprensible. ¡Si estaban todos allí con toda esa maravillosa comida en la mesa! ¿Cómo era posible que se sintieran preocupados o tristes?

—¡No hay problema! —dijo C. J. con voz animosa desde la puerta—. Justo iba a…, quiero decir… que he hablado hoy con mi tía. Voy a ir a su casa. —Desplazó su silla y se sentó a la mesa—. ¿Me acercas las patatas, por favor? —pidió.

—¿Tu tía? —preguntó Emily—. No sabía que tenías una tía.

—Oh, lo siento —respondió C. J. en el momento en que un enorme trozo de patata con mantequilla caía al suelo.

Me giré para lamer la patata mientas oía la voz de C. J.

—Voy a buscar un poco de papel de cocina. Lo siento. No te molestes, yo lo haré.

Las patas de su silla rechinaron contra el suelo y oí sus pasos salir y entrar de la habitación. Luego C. J. se arrodilló a mi lado, bajo la mesa.

Meneé la cola, contenta de verla, mientras ella limpiaba el trozo del suelo en que yo había lamido la patata.

Cuando todos hubieron terminado de comer y ya

estaban llevando los platos y los cuencos a la cocina, C. J. se escabulló a la habitación en la que dormía con Emily. Y aunque la cocina olía maravillosamente, me di cuenta de que mi chica me necesitaba. Así pues, la seguí.

En el cuarto había dos camas. C. J. se dejó caer en una de ellas. Yo salté con ella, que me agarró: noté que parte de su tristeza se desvanecía.

Ayudar a C. J. a estar menos triste era mi trabajo más importante. ¡Ojalá pudiera hacerlo mejor! A veces parecía que su sentimiento de tristeza estaba enterrado tan hondo que nunca desaparecería.

Por la mañana, Del, Emily y C. J. se pusieron las mochilas a la espaldas. La madre agarró un bolso; el padre, un maletín. Luego todos se fueron a la escuela y yo me quedé sola en el patio trasero. C. J. me había llenado los cuencos de comida y de agua antes de irse, así que tenía mucha comida. Aun así, echaba de menos a mi chica. Cuando por fin regresó, me sentí tan contenta que me puse a correr en círculos a su alrededor.

C. J. tenía mi correa en la mano: ¡eso significaba que nos íbamos a pasear! ¡Qué emoción!

—Vale, Molly, tranquila, chica —dijo, mientras me sujetaba para enganchar la correa a mi collar.

Luego me llevó a la parte delantera de la casa.

Me di cuenta de que todavía llevaba la mochila. Y volvía a estar llena y a pesar mucho, igual que cuando habíamos ido a visitar a Zeke y a Annabelle.

Del salió al jardín y me acarició.

—Adiós, Molly —dijo.

Estaba triste, así que le lamí la cara.

—¿Quieres que te acompañe? —preguntó Emily, desde la puerta de entrada de la casa.

—¡No! —se apresuró a responder C. J.—. Quiero decir que no hace falta. Mi tía me ha dicho que me recogerá en la esquina. Llegará de un momento a otro.

Emily parecía un poco preocupada.

—¿Estás segura de que no prefieres esperar a que mamá y papá regresen del trabajo? —preguntó.

—No puedo —repuso C. J. con firmeza—. Pero dales las gracias de mi parte. De verdad, Emily, lo digo en serio. Han sido superamables al dejarme quedar en casa.

—Vale. ¿Nos vemos en la escuela? —preguntó Emily.

—Claro. ¡Adiós, Em! ¡Adiós, Del! —dijo C. J.—. ¡Vamos, Molly!

Le di un último lametón a Del en la cara y me apresuré a seguir a C. J. ¡Qué fantástico ir a caminar con mi chica!

Cuando llegamos a la esquina, C. J. me tiró de la correa.

—Vamos, Molly. ¡Nos está esperando! —dijo en voz muy alta.

Pero cuando giramos la esquina, C. J. aminoró el paso.

Caminar despacio era lo que más me gustaba, porque así podía ir metiendo el hocico en todas las hierbas y averiguar quién había estado allí antes que yo. ¿Otros perros? ¿Gatos? ¿Conejos? ¿Ardillas? ¿Mapaches? ¿Comadrejas? ¡Todo era muy interesante! También había hormigas que se apresuraban entrando y saliendo de sus pequeños montículos de tierra. Unos cuantos grillos cantaron bajo mis patas; intenté atraparlos con los dientes, pero fallé.

Estaba siendo un paseo maravilloso.

Cuando ya habíamos dejado atrás unas cuantas casas, llegamos a un pequeño parque con bancos y unos columpios. C. J. se dejó caer pesadamente en uno de los bancos y se quitó la mochila de los hombros.

—Oh, Molly —dijo—. ¿Qué vamos a hacer ahora?

Me senté a sus pies y la miré a la cara sin saber qué hacer. Estábamos juntas, habíamos salido a pasear y hacía un día soleado. ¿Cómo era posible que mi chica estuviera triste? Me apreté contra sus rodillas. Ella me rascó detrás de las orejas.

—Ojalá pudiéramos ir a casa de Trent —dijo en voz baja—. Pero Gloria nos encontraría enseguida.

Suspiró.

Le lamí en la nariz.

Estuvimos sentadas un rato hasta que unos chicos más jóvenes llegaron al parque y se fueron a los columpios mientras su madre se sentaba en el banco de al lado.

—Bonito perro —dijo con una sonrisa amistosa mientras alargaba las manos para acariciarme.

Sus manos olían a queso, a sal y a galletas saladas. Se las lamí.

—Gracias —dijo C. J.

Entonces C. J. se levantó y se puso la mochila a la espalda. Yo la seguí y salimos del parque.

Ese fue el paseo más largo de todos los que C. J. y yo dimos. No regresamos a la casa de Emily y Del.

Ni a nuestra casa, ni a la de Trent, ni a la de Andi. Ni a ninguna.

Al cabo de un rato, estaba demasiado cansada incluso para olisquear la hierba o para investigar lo que había sucedido en los arbustos que íbamos dejando atrás.

Me senté y miré a C. J. ¿No era ya hora de ir a casa?

—Oh, Molly —dijo C. J, cansada.

Ella también se sentó. Se apoyó en el tronco de un árbol.

Me tumbé a su lado y solté un suspiro.

C. J. rebuscó en la mochila y sacó una cosa.

—Toma, Molly —me dijo en voz baja—. He guardado esto de la comida.

Partió un bocadillo por la mitad y me dio un trozo. ¡Pan y salchicha! Me lo tragué de inmediato. Luego me dio un puñado de galletas saladas y sacó un plátano de la mochila.

—Puaj —dijo, mirándolo.

Tenía unos cuantos puntos marrones; parecía un poco mellado. Pero C. J. lo peló y se lo comió después de tirar la piel debajo de un arbusto.

Después sacó una botella de agua de la mochila; ahuecando la palma de la mano, vertió un poco en ella para que yo pudiera beber. C. J. también bebió un poco. Luego tapó la botella y la guardó en la mochila.

—Guardaremos un poco para mañana —me dijo mientras me subía a su regazo y me abrazaba.

Me quedé allí, jadeando ligeramente. Los bocados que C. J. me había dado habían saciado algo mi hambre, pero no tenía el estómago lleno, ni mucho menos. Pensé que pronto iríamos a otra casa en la que habría un cuenco lleno de agua fresca para mí, así como otro lleno de comida para cenar.

Un hombre caminaba por la calle. Llevaba unos vaqueros y unas zapatillas de deporte.

—Eh, hola —dijo, al vernos a C. J. y a mí allí sentadas—. ¿Todo bien?

Su voz sonaba amable, así que meneé la cola.

—Todo bien —respondió C. J., que me abrazó con más fuerza—. Mi papá vendrá a buscarme de un momento a otro.

—Vale, guay —replicó el hombre, que continuó caminando.

C. J. soltó un suspiro que pareció más un gemido. Metió la mano en la mochila otra vez y sacó una sudadera. Se la puso y luego se levantó.

—Vamos, Molly —dijo.

Por el tono de su voz me di cuenta de que estaba tan cansada como yo.

Empezamos a caminar de nuevo, ahora mucho más despacio que antes. La luz del sol empezaba a descender y el aire era cada vez más frío.

¿Cuándo decidiría C. J. que nos íbamos a casa?

15

$\mathcal{D}$e repente, se detuvo.

—Mira allí, Molly. ¿Lo ves? —preguntó.

Incluso mi cola estaba cansada, pero la meneé y levanté la mirada. C. J. no me estaba mirando, sino que observaba hacia una casa que se encontraba al otro lado de la calle.

—Vamos, Molly —dijo.

Y nos dispusimos a cruzar la calle. Quizá fuéramos a visitar a unos perros nuevos. Me hubiera sentido feliz, incluso, de ver a un gato. Pero no nos dirigimos hacia la puerta de la casa, sino que C. J. me llevó hasta el final del camino de la casa. Encontramos la puerta del garaje abierta.

Mi chica volvió a hacer ese sonido de «*shhh*». Entramos en el garaje.

Allí dentro había un gato, unos bidones de basura de plástico, un cortacésped y cajas de cartón amontonadas contra una de las paredes. C. J. se apresuró hacia esas cajas y se sentó al lado de una de ellas. Dio unas palmaditas en el suelo para que yo me tumbara a su lado. El suelo de cemento estaba helado y era incómodo, como el de la jaula en la que yo había pasado esa noche antes de que C. J. viniera a buscarme. Me acurruqué contra mi chica buscando calor. Ella me pasó un brazo por encima.

Las cajas y el coche nos ocultaban a la vista desde la calle. Pero era un espacio frío y aburrido. ¿Qué estábamos haciendo allí?

Al poco rato, oímos el crujido de una puerta que se abría al otro lado del garaje.

C. J. se tensó y me apretó con fuerza: tenía miedo. Miré a mi alrededor, alerta y preparada para ponerme a gruñir o a morder si mi chica necesitaba que la salvara. Pero ella me cogió el hocico con suavidad y negó con la cabeza.

Oímos unos pasos que bajaban por unos escalones. Alguien estaba levantando la tapa del cubo de basura. Noté el ruido de una bolsa de plástico que introducían en él. Pero no podía ver nada. Una furgoneta azul me tapaba la visión, por lo que no podía ver quién andaba allí.

C. J. había cerrado los ojos.

Estaba temblando de miedo y quise defenderla. No obstante, me di cuenta de que necesitaba que me estuviera quieta y en silencio. Eso era como jugar a «silencio bajo la escalera» de nuestra antigua casa: debía esperar hasta que C. J. me dijera que ya podía volver a moverme y a hacer ruido.

Volvieron a colocar la tapa del cubo en su sitio. Luego oí los pasos que volvían a subir los escalones. Alguien apretó un botón.

Se oyó un zumbido y un crujido. Entonces, la puerta del garaje empezó a cerrarse muy despacio.

Di un respingo y me retorcí por la sorpresa. Me aparté de C. J. No pude evitarlo. ¡Ese ruido era muy fuerte! Pero no ladré.

La puerta del garaje se cerró del todo y nos dejó allí dentro, encerradas. De repente, todo estaba oscuro.

Le lamí la cara a C. J. a modo de disculpa por haberme movido mientras jugábamos. Estuvimos allí sentadas unos cuantos minutos. Luego, muy suavemente, C. J. soltó un suspiro.

¿Ya había terminado el juego? Le volví a lamer la mejilla.

—Buena chica, Molly —susurró, y noté que sus manos se relajaban y que ya no me apretaban tanto.

Había jugado de maravilla.

En esa enorme puerta había unas ventanitas, así como una pequeña puerta que daba al exterior. Por las ventanitas entraba un poco de luz de fuera y, poco a poco, la vista se me acostumbró a esa penumbra. No se veía gran cosa, pero podía ver las cajas y la furgoneta. Y podía ver a C. J. a mi lado.

C. J. se frotó los ojos con la mano.

Luego tanteó las cajas hasta que encontró una que estaba vacía. Entonces, moviéndose muy despacio y sin hacer ruido, la abrió y la desplegó sobre el suelo de cemento. Se acurrucó encima del cartón y dio unas palmaditas en el suelo para que fuera a tumbarme a su lado.

C. J. sacó una sudadera y un pantalón de deporte de la mochila y los utilizó para cubrirnos. Luego se puso la mochila a modo de almohada. Me enrosqué contra su barriga procurando compartir todo mi calor corporal con ella, que me abrazó.

Estuvo llorando un rato con el rostro pegado a mi pelaje. Finalmente, se quedó dormida.

Permanecí todo lo quieta que pude para no despertarla. No comprendía en absoluto qué estaba pasando. ¿Por qué C. J. no se iba a dormir a una cama como hacía siempre? O, si iba a dormir en el suelo, ¿por qué no ponía ese saco tan calentito que solía emplear?

No me parecía bien dormir en ese garaje frío y que olía a cemento húmedo, a gasolina y a aceite. Para colmo, la maravillosa bolsa de basura (con todos sus fascinantes olores) estaba dentro del cubo de basura y no era posible acceder a ella.

Desde luego, aquel no podía ser un buen sitio para dormir.

Recordé otra vez esos días en que jugábamos a «silencio» durante toda la noche. Al final, C. J. había comprendido que ese juego no era divertido y que mi sitio de dormir era la cama, a su lado. ¿Por qué lo habría olvidado ahora?

Pero no sabía cómo recordárselo. Lo único que podía hacer era quedarme cerca durante toda la noche y mantenerla tan caliente como pudiera.

Muy temprano, una luz débil empezó a colarse por las ventanitas. Abrí los ojos, pero no me moví hasta que C. J. suspiró y soltó un suave gemido a mi lado.

Me giré y le lamí la cara.

—Oh, Molly —dijo con tono amoroso. Me acarició un momento y luego se incorporó con un gemido—.

¡Oh, Molly, estoy tan cansada! Vale, ahora *shhhh*. No hagas ruido. Tenemos que irnos de aquí.

Metió el pantalón de deporte y la sudadera en la mochila otra vez; luego se puso en pie con gesto torpe. Yo la seguí, pegada a ella, mientras se dirigía hacia la pequeña puerta con la ventanita. Descorrió un pequeño cerrojo, giró el pomo y empujó la puerta, que se abrió despacio y sin hacer ruido.

Salimos a la fría luz grisácea de la mañana.

Corrí hasta el césped y me agaché para hacer pis. C. J. me observaba.

—Ojalá pudiera hacer eso —dijo.

La miré e incliné la cabeza. ¿Íbamos a desayunar?

C. J. soltó un suspiro. Se puso la mochila a la espalda y nos alejamos de la casa por la acera. Luego se agachó y sacó la botella de agua de la mochila. Se bebió la mitad de lo que quedaba y vertió el resto en la palma de su mano para darme a mí. Pero cuando me terminé el agua que quedaba, continuaba teniendo sed.

Caminamos un rato más. De vez en cuando, le daba un lametón a las hierbas que encontraba en el camino y que estaban mojadas por las gotas del rocío. No era tan bueno como beber de verdad, pero algo era algo.

Parecía que era muy temprano. Por las calles solo vimos unos cuantos coches. Casi todas las casas estaban cerradas y en silencio. Apenas había luz. Sin embargo, a medida que caminábamos, el cielo empezó a clarear.

Llegamos a un edificio muy colorido en el que la luz de las ventanas brillaba mucho. El aparcamiento apestaba a gasolina y a aceite. C. J. me dejó atada al lado de la puerta durante unos minutos. Empecé a oler unos fascinantes pegotes pegajosos del suelo mientras algunos coches iban deteniéndose en el aparcamiento. Los conductores de esos automóviles bajaban, metían unas mangueras largas por un agujero de la carrocería y se marchaban.

C. J. regresó y me desató. Luego se arrodilló y me rascó detrás de las orejas.

—Molly, será mejor que vayamos a casa de Andi —dijo—. No se me ocurre qué otra cosa podemos hacer.

Le lamí la nariz y volví a preguntarme dónde estaría ese desayuno. Continué haciéndome la misma pregunta mientras C. J. me llevaba de paseo otra vez... Un paseo que fue casi tan largo como el del día anterior.

Me dolían las patas por culpa del pavimento, que era rugoso. Cada vez andaba con la cabeza más gacha. Asimismo, C. J. caminaba despacio; apenas levantaba los pies con cada paso. Por mi parte, tenía el estómago vacío. Y la barriga de C. J. también hacía ruido. Levanté la cabeza y vi que se la frotaba mientras hacía una mueca.

Continuamos caminando.

Al cabo de un buen rato, mi olfato empezó a detectar un leve olor familiar. Perros. Muchos perros. Levanté un poco la cabeza e incluso meneé algo la cola. Si íbamos a jugar con Andi, quizá consiguiéramos algo para comer. Y yo necesitaba comida de verdad, no un premio. Aunque recibir un premio sería mejor que nada.

Al final, reconocí el aparcamiento del edificio de Andi. C. J. se quedó dudando un momento delante de la puerta de entrada, ansiosa. Luego respiró profundamente y empujó la puerta. Y entramos.

Allí dentro había un olor fantástico. Estaba el olor de Luke y de todos los perros, por supuesto. Pero lo mejor fue detectar olor a comida. Además, delante de una de las paredes, había una mesa llena de bandejas con trozos de pan redondos. Algunos de ellos eran de pan normal, pero otros eran de pan dulce y que olía de maravilla. También había unas grandes jarras de café. Reconocí el olor porque Gloria solía tomarlo por la mañana.

Se me llenó la boca de agua y tiré de la correa, pero C. J. la sujetaba con fuerza.

Había personas sentadas en sillas, como siempre. Andi y Luke estaban jugando. Ella lo llevaba atado con la correa y lo conducía hasta una mujer de pelo blanco y corto.

—¿C. J.? —preguntó con una expresión de desconcierto en la cara—. Discúlpenme un momento —les dijo a las personas que estaban sentadas en las sillas.

Y Andi y Luke se acercaron a nosotras.

—No esperaba verte a esta hora de la mañana —dijo Andi mientras Luke me olisqueaba rápidamente.

Prácticamente, yo no tenía energía ni para acercar el hocico hasta él.

—Algunos de los voluntarios solo pueden venir antes de ir a trabajar —continuó Andi, que, haciendo un gesto hacia las personas sentadas en las sillas, preguntó—: ¿Qué sucede?

Incómoda, C. J. apoyó el peso del cuerpo en una pierna.

—Bueno…, pensé que… quizá podías necesitar un poco de ayuda —farfulló.

Andi frunció el ceño.

—¿Hoy no tienes que ir a la escuela?

—Sí. Iré. Pronto —dijo C. J.—. Es solo que pensé que…

Y se quedó sin voz. Se hizo un silencio. Luke se sentó, aburrido y esperando a que Andi volviera a jugar.

Andi rompió el silencio con tono amable.

—Bueno, yo siempre me alegro de veros a ti y a Molly aquí, C. J. ¿Lo sabes, verdad?

Mi chica asintió con la cabeza.

—¿Qué tal si vas a comprobar que los perros tengan agua y comida, ya que estás aquí? Y allí hay unas cuantas pastas y dónuts para los voluntarios. Tú misma, si te apetece comer algo.

A partir de ese momento, todo fue maravilloso.

C. J. me dejó en una jaula y rápidamente me trajo un cuenco rebosante de comida y otro lleno de agua. Cuando me los dejó en el suelo, las manos le temblaban un poco.

Metí el hocico en el cuenco y me tragué toda la comida. Luego me bebí casi toda el agua. Cuando levanté la cabeza, vi que C. J. estaba bebiendo delante de la mesa de comida y que cogía dos trozos de pan redondos. Se comió uno de ellos con solo dos o tres bocados mientras Andi y Luke jugaban con las personas de las sillas. Luego C. J. untó otro trozo de pan con una cosa cremosa y blanca y se lo comió más despacio. Me di cuenta de que se relajaba.

A continuación, C. J. se ausentó durante un rato. Aproveché para tumbarme en el suelo de la jaula y descansar un poco. Cuando mi chica regresó, llevaba la mochila en la espalda otra vez y olía a la comida de los otros perros. Le lamí las manos, contenta, y dejé que me enganchara la correa al collar.

Andi vino para dejar a Luke en su jaula. Ahora que me sentía mejor, lo olisqueé como Dios manda. Él no me hizo caso. Luke era así.

—¿Va todo bien, C. J.? —preguntó Andi con tono amable.

Ella asintió con la cabeza.

—Bueno, si necesitas algo, dímelo —respondió Andi—. Y, oye…, recuerda una cosa: no es posible huir de los problemas. Los problemas siempre te encuentran.

16

Cuando nos fuimos del edifico de Andi, dimos otro paseo. Después de haber comido, me sentía con más energía, pero, aun así, me costaba comprender lo que sucedía. Me gustaba dar paseos, pero ¿no íbamos a hacer nada más? ¿Tal vez una cabezadita?

C. J. caminaba más erguida que antes. Y también a paso más rápido. Así pues, tuve que acelerar para poder seguir su ritmo. Ahora sí que parecía que C. J. sabía dónde íbamos.

Y, al cabo de un rato, yo también lo supe.

Empecé a detectar unos olores que me eran familiares. Trozos de hierba, buzones y palos de teléfono que tenían la marca de perros que reconocía. Levanté la cabeza y olisqueé profundamente. Luego me lancé hacia delante tirando de la correa.

¡Ya no íbamos de visita a ninguna parte! ¡Nos íbamos a casa!

Cuando llegamos a nuestro bloque, casi arrastraba a C. J. de tan feliz que me sentía ante la idea de volver a comer de mi propio cuenco, de echar una cabezada en mis lugares favoritos y de dormir de nuevo en la cama al lado de C. J. Mi chica dejó que la arrastrara por el jardín de entrada y hasta los escalones de la fachada.

Sin embargo, cuando llegamos, C. J. no abrió la puerta. Apoyé las patas delanteras en la puerta para enseñarle lo que debía hacer, pero ella se sentó en uno de los escalones y se dio unas palmadas en la pierna para que me sentara a su lado.

Un tanto decepcionada, me subí al regazo de C. J. ¿Por qué nos sentábamos en el porche? ¿Es que no íbamos a entrar?

—Te quiero, Molly —me susurró al oído—. Y nunca te abandonaré. Te lo prometo. Cuidaré de ti.

Me abrazó un poco demasiado fuerte, pero no me importó demasiado. Ese era mi trabajo: debía estar ahí cuando mi chica me necesitaba. Eso lo tenía claro.

—Vale —dijo C. J. soltando un profundo suspiro—. Vale.

Se puso en pie, abrió la puerta y entramos.

Me sentía tan feliz de haber regresado que dediqué mis últimas fuerzas a corretear por todas partes y a oler todo lo que había echado de menos: la alfombra del salón donde me gustaba tumbarme al sol, los rincones de la cocina donde a veces se acumulaban algunas migajas de comida, el sitio de mis cuencos de agua y de comida (ambos estaban vacíos, pero ya se lo recordaría a C. J. más tarde). Lo mejor de todo era la cama de mi chica. Salté encima. Las mantas y el cobertor estaban extendidos encima, pero los pisé y los moví con el hocico hasta que quedaron formando una cómoda montaña, como debía ser.

Luego bajé de la cama para regresar con C. J.

La encontré sentada en el salón, no lejos de la puerta de entrada. Estaba mirando la pared de encima de la chimenea.

—Mira, Molly —dijo, hablando despacio.

Fui a sentarme a su lado, jadeando. Ella bajó la mano y me acarició la cabeza.

—Es un cuadro de ti —dijo—. El de la exposición de arte. ¿Gloria lo ha enmarcado? ¿Y lo ha colgado? No me lo puedo creer.

Meneé la cola. Le golpeé la pierna al hacerlo. Luego le di un golpe de hocico en la mano, que le colgaba en un costado, inerte. ¿Más comida?

Al poco oímos el crujido de la puerta al abrirse.

C. J. dio un respingo y se giró mirando hacia el vestíbulo. Me sorprendí por que quien entraba no había llamado a la puerta. Mi trabajo consistía en ladrar a las personas que estaban al otro lado de la puerta para darles la bienvenida de forma entusiasta en cuanto entraran en la casa. ¿Qué se suponía que debía hacer esta vez?

—¿Gloria? —dijo C. J. con nerviosismo.

La persona que había abierto la puerta entró en el salón. Era Shane.

—Dejaste la puerta abierta —dijo, mirando a C. J.

Ella dio unos pasos hacia atrás. De repente, sintió miedo. Me apoyé en su pierna. ¿Por qué estaba asustada? Por fin estábamos en casa. Ahora todo iría bien.

Quizá no le gustara el olor de Shane. A mí tampoco me gustaba. Casi siempre olía a enfado. Y, en ese momento, olía a algo peor.

—¿Qué estás haciendo aquí? —preguntó C. J. en un tono de voz más alto que el habitual.

—Te vi caminando con ese perro —dijo el chico—. Te he seguido. ¿No se supone que deberías estar en la escuela? Yo no, por supuesto. Me han expulsado.

C. J. había empezado a temblar.

—Oye, tienes que irte. Mi madre llegará a casa pronto.

Shane se apoyó contra el marco de la puerta.

—Sí, claro. Me iré. Cuando hayamos terminado de hablar.

—No estamos hablando —replicó C. J.

—Sí que lo estamos. Sobre la escuela. Sobre esa estúpida clase de arte. ¿Qué le dijiste a la profesora?

—Nada —dijo C. J.

Miré a Shane y miré a mi chica. Si hubieran sido perros, estoy segura de que se hubieran puesto a gruñir. Pero como eran humanos, solo hablaban.

—Ya, claro. Nada. Le dijiste que me llevé eso de su escritorio, ¿verdad? Si no, no te habrías librado tan fácilmente. ¿Cómo es posible que a mí me hayan expulsado y a ti no? A no ser que se lo hayas contado todo.

Shane dio un paso hacia delante.

Por su parte, mi chica dio un paso hacia atrás, pero inmediatamente cerró los puños y volvió a dar un paso hacia delante.

—No tengo por qué darte ninguna explicación —repuso, cortante—. ¡Robaste un teléfono y dinero! ¿Y ahora estás enfadado conmigo porque te has metido en un lío? ¡Como si yo te hubiera hecho algo! Piensa un poco, Shane. ¡Y vete de aquí!

Esto último lo dijo gritando.

Noté la rabia en el interior de Shane. Supe qué debía hacer. Igual que había hecho con Gus en el museo, empecé a gruñir. Enseñé los dientes y todo el pelaje del cuello se me puso de punta.

Bajé la cabeza para que Shane supiera que aquello no era un juego. Empecé a avanzar hacia él.

El chico retrocedió hacia el vestíbulo. Noté que la rabia y el miedo luchaban en su interior.

—Aparta a ese perro. Tú y yo no hemos terminado.

—¡Te he dicho que te vayas! —volvió a gritar C. J.

—¡Le daré una patada a tu perro! —amenazó Shane.

—¡Voy a llamar a la policía ahora mismo! —dijo mi chica con un tono agudo y lleno de miedo—. Ven, Molly. ¡Ven aquí!

Me detuve, pero no me acerqué a C. J. Se suponía que debía obedecer a mi chica, pero no quería que Shane creyera que me estaba echando atrás. Tenía que saber que estaba dispuesta a proteger a mi chica.

—Qué perro tan estúpido —dijo Shane desde el vestíbulo. En su interior, la rabia estaba ganando la batalla—. Yo te enseñaré…

En ese momento, alguien llamó a la puerta y la abrió.

Sheryl estaba de pie, en el porche.

Meneé la cola una vez para mostrarle a Sheryl que continuaba siendo su amiga. Luego bajé la cola otra vez para hacerle saber a Shane que no me había olvidado de él.

—¿Qué está pasando? —preguntó Sheryl, mirando a Shane y a C. J.

C. J. levantó la barbilla.

—Nada. Shane ya se iba —dijo.

Shane fulminó a C. J. con la mirada. También a Sheryl. Y a mí.

—Vale —farfulló.

Se dio la vuelta y salió de la casa pasando al lado de Sheryl.

—¡Y no vuelvas! —gritó C. J.

—¡No te preocupes, no pienso hacerlo! —gritó él.

Shane se alejó por la calle a buen paso y con la cabeza gacha, las manos metidas en los bolsillos de los vaqueros.

Me acerqué corriendo a C. J., meneando la cola. ¡Lo habíamos conseguido! ¡Shane se había ido!

17

Sheryl miró a Shane alejarse por la calle.

—¿Va todo bien, C. J.? —preguntó.

—Sí, todo va bien. No va a volver. Molly le ha dado una lección.

Sheryl asintió con la cabeza. Estaba diferente. Tenía el rostro delgado y con expresión de cansancio. Además, llevaba puesto un gorro rojo y blando que le envolvía completamente la cabeza.

—¿Estás bien? —preguntó C. J. con cierta incomodidad—. Quiero decir…

Sheryl sonrió.

—Sí, estoy bien, C. J. Por eso he venido. ¿Podemos sentarnos un momento?

C. J. asintió y las dos se sentaron en el sofá. Como Gloria no estaba, salté al sofá y apoyé la cabeza sobre las rodillas de C. J. Ya había comprendido cuáles eran las reglas: si Gloria estaba en casa, yo era una perra mala si subía al sofá. Sin embargo, si solo estábamos C. J. y yo, podía subir al sofá y ser una perra buena.

Sheryl miró la pared de encima de la chimenea.

—Queda bien el cuadro —dijo.

C. J. bajó la cabeza.

—Mi madre lo ha enmarcado —dijo en voz baja.

Y continuaron hablando.

No podía comprender por qué a los seres humanos les parecía tan importante dedicar tanto tiempo a hacer ruido. Los perros solamente (o casi solamente) ladran cuando hay un motivo para hacerlo. Quizá las personas hacían eso porque jugar no se les daba muy bien. Ni siquiera a C. J. le gustaba jugar a perseguir o a luchar, como a Rocky.

Cerré los ojos y me puse a dormitar. Todavía estaba cansada de los largos paseos que C. J. y yo habíamos dado. De vez en cuando, movía las orejas y me llegaban frases de su conversación.

—Ya no queda nada del cáncer —dijo Sheryl.

Y también:

—Los médicos dicen que tiene buena pinta.

Y:

—Si no lo hubieran detectado tan temprano, habría sido mucho peor. Tengo que darte las gracias. Y a Molly.

Me pareció que lo decía sonriendo.

Sheryl alargó la mano y me rascó tras las orejas. C. J. me acarició el lomo. Solté un largo suspiro de felicidad sin abrir los ojos. Por algún motivo, sentía que era una buena perra.

Estaba tan cómoda que ni siquiera me moví cuando se abrió la puerta. La sala se llenó de un olor que me era familiar, dulce, a flores. Supe de quién se trataba. No hacía falta que ladrara.

A C. J. se le puso tenso todo el cuerpo. Abrí los ojos

y levanté la cabeza. Recordé lo que significaba ser una perra buena cuando Gloria estaba en casa, así que bajé del sofá.

Gloria se quedó quieta en la puerta. Llevaba muchas bolsas de la compra. Nos miró y parpadeó.

—¿Estás aquí? —dijo.

C. J. asintió con la cabeza.

—Estoy aquí —respondió.

—No esperaba verte.

Gloria dejó las bolsas en el suelo.

—Supongo que huir de los problemas no funciona —dijo C. J.

Sheryl frunció el ceño.

—¿Huir?

—C. J. ha estado viviendo en casa de unas amigas durante las últimas semanas —dijo Gloria con frialdad.

Sheryl pareció palidecer más aún. Abrió mucho los ojos.

—¿Quieres decir que se escapó?

Miró a C. J., que se estaba enroscando un extremo de la camiseta entre los dedos.

—Algo así. Supongo —dijo—. Molly y yo.

Sheryl parecía asombrada.

—Pero…, señorita Mahoney, ¿por qué no informó a la escuela? ¿Llamó a la policía? C. J., ¿estás bien?

Mi chica asintió con la cabeza. Gloria se agachó y cogió las bolsas otra vez. Tenía el rostro rojo.

—Bueno, no era necesario que cundiera el pánico —dijo con impaciencia—. Es obvio que C. J. estaba bien. Obvio. Y ahora ha regresado.

C. J. enderezó la espalda y levantó la cabeza.

—Exacto, he regresado —dijo—. Con Molly.

—¡Clarity June! —Gloria dejó caer las bolsas encima de uno de los sillones y se dio la vuelta—. No puedes volver a empezar con eso. Este perro es peligroso.

Yo me tumbé en la alfombra y suspiré. ¿Cómo era posible que C. J. se hubiera olvidado de que mis cuencos de comida y de agua estaban vacíos? ¿Cuánto tiempo tardaría en recordar que debía llenarlos de nuevo?

—Molly no es peligrosa —replicó C. J. con firmeza—. Solo me estaba protegiendo. —C. J. hablaba levantando la voz. No sé si Gloria o Sheryl pudieron entender lo que farfulló a continuación—: Alguien tiene que hacerlo.

Sheryl miraba a C. J. y a Gloria.

—¿Molly? ¿Peligrosa? Yo he tenido a Molly en la clase de arte durante semanas y nunca ha mostrado ninguna señal de agresividad —dijo—. Si C. J. dice que la estaba protegiendo, estoy segura de que es verdad. Molly es la mejor amiga de C. J. —Levantó la cabeza y miró hacia la pared de encima de la chimenea—. Se ve cuánto la quiere en esa pintura. Mírela. C. J. necesita a Molly. ¿No quiere que su hija sea feliz?

Gloria miró el cuadro.

—Bueno, por supuesto. Por supuesto que quiero —dijo, y su rostro estaba incluso más rojo que antes—. ¿Qué clase de madre no querría que su hija fuera feliz?

—Esta vez me quedaré en casa —dijo C. J., rompiendo un silencio momentáneo—. Me quedaré si Molly también puede quedarse.

Al oír mi nombre, meneé la cola unas cuantas veces para recordarle a C. J. que allí había una perra hambrienta que necesitaba atención.

Gloria soltó un bufido de frustración.

—Bueno —dijo—. Bueno, supongo que sí. Si el perro tiene que quedarse, que se quede.

C. J. bajó del sofá, se sentó en el suelo y me abrazó con fuerza. Yo jadeé y le lamí las mejillas mientras esperaba con paciencia a que se sintiera mejor y me soltara.

Después de estar hablando un rato, Sheryl se levantó para irse. C. J. la acompañó hasta la puerta; por supuesto, las acompañé. Ese era uno de mis trabajos.

—Puedes venir a hablar conmigo siempre que quieras —le dijo Sheryl—. Y volverás a clase de arte, ¿verdad? Con Molly.

C. J. asintió con la cabeza.

—Bien. Y, una cosa, C. J., ¿qué te parecería tomar clases particulares de arte?

C. J. se quedó boquiabierta un momento, pero no dijo nada.

—Los sábados por la mañana, quizá. En mi casa. Y puedes traer a Molly, por supuesto. Será mi manera de daros las gracias. A las dos.

En el rostro de C. J., se dibujó una gran sonrisa.

—Eso…, eso es genial. Me encantará.

—Pues trato hecho.

Sheryl le dio un abrazo y se marchó.

Miré a C. J., que se había quedado de pie en la puerta, y solté un gemido. ¿Comida, ahora?

Por suerte, se acordó:

—Oh, Molly, pobrecita, todavía tienes hambre —dijo.

Y corrió a la cocina a llenarme los cuencos con comida y con agua.

¡Por fin!

No fue a la escuela en todo el día. Comió mucho en la mesa de la cocina y me dio las sobras; luego tomó una ducha mientras yo la esperaba sentada en una toalla que ella había colocado sobre las frías baldosas del suelo. De vez en cuando, iba metiendo el hocico entre las cortinas para ver qué era lo que la estaba entreteniendo tanto.

Luego dormimos una fantástica siesta en nuestra cama. Me sentí tan feliz que no pude evitar acurrucarme contra su axila y lamerle la cara. Ella gruñó y me apartó de un empujón, pero estaba claro que mi chica también era feliz. Y continuamos durmiendo.

Cuando nos levantamos, Gloria y C. J. estuvieron hablando un rato más. Pero mi chica no estaba inquieta y no me necesitó, así que me dediqué a sacar una vieja pelota de debajo del sofá.

Finalmente, conseguí hacerme con ella. Jadeante y feliz, saqué la cabeza de debajo del sofá para mostrarle mi trofeo a C. J.

—Puaj —dijo Gloria.

C. J. meneó la cabeza. Y justo en ese momento sonó el timbre de la puerta.

Corrí y ladré: era mi trabajo. Aunque debo reconocer que hubiera preferido quedarme a jugar con C. J. y con la pelota. Entonces detecté un olor familiar que entraba por la rendija de debajo de la puerta. Me puse a ladrar con más fuerza. Del otro lado, me respondieron otros ladridos.

C. J. abrió la puerta... ¡Y Trent y Rocky estaban allí!

Salté sobre mi hermano. Juntos, empezamos a correr por el jardín, en círculos. Nos sentíamos tan contentos de encontrarnos que ni siquiera nos saludamos como es debido. C. J. y Trent se rieron y nos persiguieron. ¡Qué maravilla jugar con mi hermano y con mis dos personas favoritas!

Finalmente, C. J. y Trent ganaron: mi chica me agarró por el collar y Trent tomó la correa de Rocky. Nos llevaron al patio trasero, donde Rocky y yo nos pusimos a jugar otra vez, corriendo por todo el patio y saltando el uno encima del otro... Y otra vez a correr.

Esta vez, Trent y C. J. no se pusieron a jugar con nosotros, sino que se sentaron en los escalones para hablar. ¡Hablar, siempre hablar!

Después de haber inmovilizado a Rocky unas cuantas veces, interrumpimos el juego para acercarnos a su chico y a mi chica. Rocky apretó el hocico contra la oreja de Trent. Por mi parte, le lamí el rostro a C. J.

Eso llamó su atención de forma satisfactoria: me acarició las orejas y me dio un beso en la cabeza. Trent le rascó la barriga a Rocky, a pesar de que tuvo que soltarle la mano a C. J. para hacerlo. Y entonces mi hermano y yo nos pusimos a jugar otra vez, mientras su chico y mi chica continuaban hablando.

Un momento antes de saltar sobre Rocky, giré la cabeza rápidamente: Trent había cogido de la mano a C. J.

Sobre los perros que detectan el cáncer

La historia de Molly transcurre en el extraordinario mundo de los perros que detectan el cáncer. Para documentarme sobre el tema, consulté con Dina Zaphiris, una buena amiga, porque Dina se dedica a entrenar a perros para la detección del cáncer. ¡En muchos sentidos, fue su perro Stewie el que me inspiró para este libro!

Cuando Dina era una niña, lo único que quería era tener un perro. Soñaba con jugar con él, con cepillarle y con enseñarle cosas. Sin embargo, los padres de Dina no le permitían tener un perro. Creían que no era una buena idea, puesto que en la casa tenían gallinas. Así pues, Dina entrenó a las gallinas. Les enseñó a hacer cosas y a que se acercaran cuando las llamaba por su nombre.

Hoy en día, Dina es una adulta y tiene perros. Es educadora certificada y fue una de las primeras personas del mundo que se dedicó a entrenar a los perros para que detectaran el cáncer. Los perros de Dina no olisquean a las personas directamente, como hace Molly en el libro, sino que huelen muestras de fluidos (habitualmente aliento condensado) en tubos de ensayo. Dina les enseña a indicar cuándo detectan la presencia de células cancerígenas: los perros se detienen y dan un golpe con la pata al tubo en el que lo han detectado, ¡como si le pegaran por portarse mal!

A los perros que detectan el cáncer les encanta su trabajo y les parece que están haciendo algo importante. ¡Después de todo, la misión de un perro es ayudar a las personas!

W. Bruce Cameron

W. Bruce Cameron

Nació en Melbourne, Australia, y reside actualmente en Edimburgo. Se graduó en Escritura creativa en la Universidad de California y ganó el Scottish Book Trust New Writer's Award. También estudió Arqueología, Historia de las religiones y tiene un doctorado en Sociología.

Este libro utiliza el tipo Aldus, que toma su nombre
del vanguardista impresor del Renacimiento
italiano, Aldus Manutius. Hermann Zapf
diseñó el tipo Aldus para la imprenta
Stempel en 1954, como una réplica
más ligera y elegante del
popular tipo
Palatino

La razón de estar contigo.
La historia de Molly
se acabó de imprimir
un día de verano de 2021,
en los talleres gráficos de Liberdúplex, s. l. u.
Crta. BV-2249, km 7,4. Pol. Ind. Torrentfondo
Sant Llorenç d'Hortons (Barcelona)